TSIPORA
et le vengeur de sang

Rachel Hausfater

Magnard Jeunesse

Illustrations intérieures et couverture : Nancy Peña

5 allée de la 2e DB – CS 81529 – 75726 Paris 15 Cedex
www.magnardjeunesse.fr

Instagram.com/magnardjeunesse

Loi n° 49-956 du 16-07-1949 sur les publications destinées à la jeunesse.

ISBN : 978-2-210-96633-8

1. Tout de suite !

– Tsipora !

La voix aiguë de ma mère s'élève dans le ciel bleu. Mais je ne réponds pas. Je suis trop bien à l'ombre du figuier. Pas envie de bouger… et pas envie d'aider !

– Tsipora !!! Viens ici immédiatement !

Venir pour quoi ? Pour moudre le blé ? Cuire le pain ? Laver le sol ? Filer la laine ? Ou pour peigner mes cheveux ? Ma mère les veut sages alors qu'ils sont frisés, elle les veut couverts alors que je les aime libres. À deux mains, je fourrage dans ma tignasse et repousse les boucles brunes qui me tombent dans les yeux. Pas question de les cacher ni de les discipliner.

Ni de me discipliner. J'ai beau être une fille, je n'aime pas le travail des femmes. Moi, ce que j'aime, c'est courir avec mon grand frère Ouriel sur les collines, chanter avec les oiseaux, jouer dans le petit ruisseau derrière la ferme. Ce que j'aime aussi, c'est suivre mon père aux champs, écouter ses histoires, le regarder prier matin et soir. Et ce que j'aime surtout, c'est les accompagner, mon frère et lui, pour les fêtes de pèlerinage à la grande ville, Jérusalem la belle. Notre roi Salomon* y a construit un Temple magnifique. C'est un bon roi respecté de tous, et depuis qu'il a succédé à son père, le roi David, le royaume d'Israël vit en paix.

Là-bas, tout est grand, imposant, excitant, et à chaque fois j'ai envie d'y rester longtemps. Pourtant, j'aime bien aussi rentrer chez nous, après la fête, fatiguée et ivre d'images et de sons, ma main dans la main de mon père qui chantonne doucement. Devant marche mon frère, pour une fois silencieux. On traverse les villages, les « filles de la ville » comme on les appelle, situés le long des seize kilomètres qui séparent Jérusalem de Tekoa, là où se trouve notre ferme. Mon village préféré, c'est Bethlehem, à mi-chemin, où habite la sœur de mon père. On s'y arrête parfois pour passer la nuit, quand la route est trop longue pour mes petites jambes ou le soleil trop ardent pour nos pauvres têtes.

Bethlehem, ça veut dire la « maison du pain ». Mais chez nous aussi, c'est la maison du pain ! Même que c'est mon travail, et que je n'ai pas envie, mais alors

* Le roi Salomon a régné sur le royaume d'Israël de 970 à 931 avant notre ère.

pas du tout envie, d'aller pétrir la pâte, la faire lever, coller les galettes sur les parois brûlantes du four, rester à surveiller la cuisson, les décoller d'un coup… et me brûler les mains, alors qu'il fait si chaud !

– Tsipora !

Je sursaute. C'est la voix de mon père. Qu'est-ce qu'il fait là ? On est au milieu de la journée, au milieu de la semaine, au milieu des moissons. Pourquoi est-il rentré ?

– TSIPORA !

– J'arrive ! je crie, en surgissant de sous le figuier et en me précipitant hors d'haleine dans la cour où se tiennent mon père, ma mère et… l'oncle Samuel.

2. Droite ou gauche ?

Tous les trois sont devant la porte, tout propres, bien habillés, comme si c'était le shabbat* ou un jour de fête.

Mais on est lundi, Pessa'h** est finie et Chavouot, la fête des moissons, pas pour tout de suite.

Lentement, je traverse la cour autour de laquelle se dressent les murs en pierre des bâtiments de notre ferme. Si je pouvais m'y réfugier… Si je pouvais me cacher… Si je pouvais me sauver…

– Viens ici, Tsipora, me dit mon père gentiment, avec un sourire tendre.

---

* Le shabbat (samedi) est un jour consacré au repos et à la prière dans la religion juive.

** Pessa'h, la Pâque juive, commémore la sortie d'Égypte des Hébreux, sous la conduite de Moïse. C'est une des trois fêtes de pèlerinage.

Je m'approche à petits pas prudents et m'arrête à côté du moulin à bras.

– Qu'est-ce qu'il y a, Abba* ?

Ma mère m'attire alors vers elle et, hâtivement, elle tente de démêler mes cheveux, puis elle resserre ma ceinture toute dénouée autour de ma tunique. Je me laisse faire, un peu gênée. Je n'aime pas l'oncle Samuel, il ne rit jamais et ses enfants sont stupides. Mais c'est le cousin de ma mère, et je suis bien obligée de faire la gentille.

– C'est un grand jour pour toi, répond mon père de sa voix grave. L'oncle Samuel est venu nous demander ta main.

Ma main ? Pourquoi ma main ? Et laquelle veut-il ? De toute façon, elles sont aussi sales l'une que l'autre ! Je les frotte rapidement sur ma tunique puis tends la droite à l'oncle, qui la regarde d'un air vaguement dégoûté sans la prendre. Il faudrait savoir ce qu'il veut ! Mes parents éclatent de rire et je rougis, vexée.

– Elle ne comprend pas… s'excuse ma mère. Elle est trop petite.

Petite, moi ? Mais qu'est-ce qu'elle raconte ? J'ai douze ans et, depuis l'automne dernier, je saigne à chaque lune, comme toutes les femmes.

– Plus si petite, non, la corrige mon père. Puisqu'elle vient de recevoir…

Quoi ? Un gâteau ? Un cadeau ? Un chameau ?

– … une demande en mariage !

---

* Abba signifie « papa » en hébreu.

3. Pas question !

Non !

J'ai dit non. Et l'oncle Samuel est reparti furieux dans son village au nord, en Galilée, annoncer à Élie, son grand benêt de fils, que je ne voulais pas de lui.

– Pourquoi non ? m'interroge mon père.

– Je ne veux pas me marier !

– Mais ce n'est pas pour tout de suite, ce sont juste des fiançailles, essaie de me rassurer ma mère. Tu resteras avec nous encore longtemps.

– Ima* ! Je ne veux pas me marier DU TOUT ! Ni maintenant ni plus tard.

– Allons, allons, tu dis des bêtises. Tout le monde se marie, c'est comme ça.

– Eh bien pas moi !

---

* Ima signifie « maman » en hébreu.

– Eh bien si, toi aussi ! s'agace mon père.

– En tout cas, pas avec celui-là.

– Pourquoi pas ?

– Parce que je ne l'aime pas.

– Mais c'est un gentil garçon, intervient ma mère.

– Je n'aime pas les gentils.

– Et il est travailleur, ajoute mon père.

– Je préfère les rêveurs.

– Oh ! Tu es impossible, s'exclame ma mère, exaspérée.

Et elle rentre dans la maison s'occuper du bébé, qui s'est mis à crier au bon moment. Merci petite sœur !

Mon père me regarde et je crois voir ses lèvres trembler un peu. Il pleure ? Non, il rit !

– C'est vrai, tu es impossible, répète-t-il en m'ébouriffant les cheveux. Allez, envole-toi petit oiseau, avant que je ne décide de te marier de force au vieux Joseph !

4. Vite !

Le vieux Joseph ? Mais il a cent ans et presque plus de dents ! Je me sauve sans demander mon reste, soulagée. Je l'ai échappé belle !

Bien sûr, mon père va râler, ma mère va insister, Samuel revenir, peut-être même avec Élie (que dans ma tête j'appelle Ennui !). Mais je sais que si je tiens bon, si je tiens mon « non », à la fin ils me laisseront tranquille… jusqu'au prochain prétendant. Chez nous, on ne force pas les filles à se marier. Ce sont les parents qui choisissent le fiancé, mais si la fille n'en veut pas, le mariage ne se fait pas.

Donc… ce mariage ne se fera pas !

Encore un peu énervée, je remonte la colline et traverse les vignes, puis cours à travers les champs d'orge déjà moissonnés. Au passage, je caresse les agneaux nouveaux-nés qui bêlent près de leur mère. On dirait

Deborah, ma petite sœur, qui bêle elle aussi près de notre mère. Pourtant, Deborah, ça veut dire « abeille », pas « mouton » ! Tous nos prénoms ont une signification : Ouriel signifie « feu de Dieu », et c'est vrai qu'il brûle, mon fou de frère ! Et moi c'est Tsipora, l'« oiseau »...

Plus loin paissent les bœufs, paisiblement. Les regarder me calme. Je m'allonge sous un olivier et repense à ce qui s'est passé. Je n'ai pas envie de me marier, pas envie de m'en aller, pas envie de grandir, mais envie de dormir... dormir... dor...m...i...r...

Oh ! C'est déjà le soir ! La nuit commence à tomber, et dans l'obscurité grandissante je manque moi aussi tomber en courant comme une folle vers la maison, en retard pour le bon dîner et les mauvaises discussions qui m'attendent. Pourvu que j'arrive à temps... Pourvu qu'on ne me reparle pas de mariage... Pourvu qu'il y ait du poulet... Pourvu...

Mais qu'est-ce que c'est ? On dirait qu'il y a quelque chose près du gros olivier, on dirait qu'il y a quelqu'un. Je distingue une ombre, une ombre dans l'ombre, une ombre sombre qui soudain gronde :

– Qui va là ?

5. L'ombre

– Qui est là ? je chuchote.

– C'est moi ! chuchote l'ombre.

Mais je ne reconnais pas la voix de ce « moi ».

– Toi qui ? je balbutie, un peu effrayée.

– Moi, Ezra, fils de…

Il s'arrête net. C'est bizarre, ça. Un prénom, ça ne suffit pas. On ajoute toujours le nom de son père. Je reste muette, sans plus oser bouger ni même respirer. Sa voix a beau être jeune et gentille, je ne me sens pas rassurée.

– N'aie pas peur, petite fille, reprend-il.

– Je ne suis pas petite ! je m'écrie.

– Et tu n'es pas une fille non plus ? se moque-t-il.

– Si ! Je suis Tsipora, fille de Menashé.

– Menashé ?

– Tu ne sais pas qui est mon père ?

– Euh… non.

– Tout simplement le propriétaire du champ sur lequel tu te trouves, des vignes alentour, des troupeaux là-bas, de la ferme tout au bout et…

– C'est bon, c'est bon, j'ai compris ! me coupe-t-il en riant. Je ne savais pas.

– Tu ne savais pas quoi ?

Il s'arrête de rire, un silence, puis il reprend d'une voix différente, pensive, presque triste :

– Je ne sais pas…

– Quoi ? je répète.

– Je ne sais pas… où je suis.

– Près de Tekoa.

– Ah… soupire-t-il. Alors, je n'ai pas beaucoup avancé.

– Mais tu viens d'où ? Tu le sais, au moins ?

– Oui, ça je le sais, je ne le sais que trop bien.

– Et c'est où, ça ?

– Là-bas, plus loin, nulle part. Tu ne connais pas.

– Et tu vas où, toi le fils de personne qui viens de nulle part ?

– À Hébron. C'est encore loin ?

– Hébron ? Près de vingt kilomètres, je crois.

– Oh non ! Je n'y arriverai jamais…

Sa voix tremble, on dirait qu'elle va se briser. Il me fait pitié.

– Viens chez nous, mon père te donnera à manger et tu pourras te reposer. Tu reprendras ta route demain.

6. Pourquoi ?

Mais il refuse.

Il refuse !

Pourtant, dans nos contrées, l'hospitalité est un devoir sacré. L'étranger qu'on rencontre dans la rue ou sur la route, on le ramène chez soi, on lui lave les pieds pour enlever la poussière du chemin, on partage le repas avec lui et on lui donne un abri où passer la nuit.

On fait toujours comme ça.

Alors, pourquoi ne veut-il pas ?

Pendant que nous discutions, la nuit est complètement tombée et, à la lueur de la lune, je commence à mieux le distinguer. Il est un peu plus âgé que moi, peut-être treize ou quatorze ans. Il a un beau visage, des cheveux bruns bouclés et des yeux très noirs.

Pleins de douceur.

Et pleins de peur.

– Tu ne veux pas ?

– Je ne peux pas.

– Tu ne peux pas quoi ?

– Me montrer.

– Mais tu as faim ?

– Oh oui ! s'exclame-t-il. Et soif, si soif !

– Alors, viens avec moi…

– Non !

– Attends ! Viens avec moi jusqu'à la cour, je te montrerai le puits et tu pourras boire.

– Mais on va me voir !

– Ne t'inquiète pas, c'est l'heure du dîner et nous serons déjà à table à l'intérieur. Tu te cacheras ensuite sous le figuier et après le repas, quand tout le monde sera couché, je t'apporterai à manger.

– Tu ferais ça pour moi ?

– Je ferai ça pour toi !

– Mais pourquoi ?

– Parce que…

Je me tais. Pourquoi ? Parce que ses yeux, parce que sa faim, parce que sa peur, parce que je l'aime bien ?

Parce que parce que !

7. À table !

Je le conduis jusqu'au puits au milieu de la cour et le laisse boire tout son content. J'entre dans la maison en touchant au passage la mezouza* et me retrouve dans la grande pièce où le repas va être servi. Ouf ! Le dîner est plus en retard que moi. Ça doit être grâce à la petite abeille…

Je file me laver les mains, puis retrouve ma famille et les serviteurs autour de la table. Mon père fait la bénédiction sur le pain et nous nous asseyons sur des chaises basses. Autour, des chandeliers et des lampes à huile sont posés sur le sol et nous éclairent d'une douce lumière. Devant chacun d'entre nous se trouve un pain rond et plat, sur lequel nous empilons viande

* Petit rouleau de parchemin fixé sur le montant de la porte d'entrée sur lequel figurent des versets de la Bible.

et légumes, et que nous trempons dans le plat de sauce. Ce soir, il y a du poulet accompagné de fèves au cumin et de lentilles. Tout est délicieux et je meurs de faim.

Pourtant, je n'arrive pas à savourer ce moment de partage que j'aime tant d'habitude. Je me sens préoccupée par mon nouvel ami, et mille questions se bousculent dans ma tête. Qui est-il ? D'où vient-il ? Qui fuit-il ? Et pourquoi se cache-t-il ?

– Te voilà bien silencieuse, se moque mon frère. Tu essaies de réfléchir ?

Je lui jette un regard noir. D'habitude, quand il me taquine, je lui réponds vertement, mais ce soir, j'ai envie qu'on me laisse dans mon coin. Hélas, ma mère s'en mêle :

– C'est à cause de ce qui s'est passé cet après-midi ? m'interroge-t-elle doucement.

– Qu'est-ce qui s'est passé cet après-midi ? veut savoir Ouriel, qui est resté aux champs toute la journée.

– Rien !

– Mais…

– Laisse-la tranquille, le coupe mon père.

Et il se met à interroger ma mère sur l'état d'une brebis qui l'inquiète.

Nous terminons le repas par des figues sèches, nous rendons grâce à Dieu et ma mère part s'occuper de Deborah, qui réclame à grands cris son propre dîner. J'aide la servante à débarrasser, nettoyer, laver et ranger, en piaffant d'impatience.

Heureusement, tout le monde est fatigué et la soirée ne s'éternise pas. La moisson du blé bat son plein, et mon père, mon frère et les ouvriers qui travaillent pour lui se lèvent à l'aube. Au lit!

J'embrasse mes parents, vais me laver, puis m'allonge sur mon lit bas. Je pose ma tête sur les coussins et tire la couverture sur moi. Je ferme les yeux, mais ne dors pas.

8. Les yeux dans les yeux

J'ai cru que jamais Deborah ne se calmerait !

Ma mère a eu envie de manger du miel pendant toute sa grossesse. C'est pour cela que, quand ma sœur est née il y a trois mois, ma mère a proposé de l'appeler Deborah. Elle l'a frottée de sel, puis mon père l'a prise sur ses genoux pour l'adopter comme fille. C'est ce que veut la coutume et je trouve cela très beau. Du coup, je l'ai à mon tour prise sur mes genoux pour l'adopter comme petite sœur chérie ! Mais elle m'a fait pipi dessus et, depuis, elle ne fait que pleurer, téter, crier et s'agiter. Pas drôle, l'abeille !

Enfin, là, miracle, elle s'est endormie et tout est calme. Doucement, je me lève et me glisse dans la cuisine. Je saisis un pain (fait par moi, cuit par moi !), un gros morceau de fromage de brebis, un peu de gâteau qui reste de shabbat et une poignée de raisins secs. Puis je sors en catimini et me dirige vers le figuier, sous lequel une ombre déjà familière m'attend.

J'avais tellement peur qu'Ezra soit reparti !

Il se jette sur la nourriture et dévore tout sans presque respirer.

– Eh bien ! Tu avais faim !

– Oui, merchi, tu es chentille... essaie-t-il de répondre la bouche pleine.

Je ris et le laisse finir tranquillement. Il boit à la gourde qu'il a remplie au puits, me remercie de nouveau et m'annonce :

– Je dois repartir.

– Pas en pleine nuit, quand même ! C'est dangereux ! Et puis tu risques de te perdre.

– Il le faut pourtant.

– Mais pourquoi ?

– Je ne peux pas te le dire.

– Tu ne me fais pas confiance, c'est ça ? Parce que je suis trop jeune ? Parce que je suis une fille ?

– Mais non ! s'écrie-t-il, ce n'est pas vrai. J'ai confiance en toi.

– Même si on ne se connaît pas ?

– Oui, même. Tu m'as aidé, tu m'as donné à boire et à manger, tu m'as parlé gentiment et...

– Et ?

– ... tes yeux sont doux...

– ... Les tiens aussi, je murmure, le cœur battant.

– Et puis, reprend-il, tu n'as pas peur de moi.

Il s'est mis à regarder au loin et sa voix tremble. Je pose ma main sur son bras et lui demande :

– Et toi, de quoi as-tu peur ? De qui ?

– Moi ? J'ai peur de moi…

9. Il y eut un soir, il y eut un matin…

Qu'est-ce que ça veut dire ?

Je meurs d'envie de l'interroger, mais il a l'air tellement perdu, tellement épuisé que j'ai pitié. Je le prends par la main et l'entraîne sans un mot un peu plus haut, sur les terrasses, là où poussent les vignes. J'y ai mon endroit secret, une petite caverne fraîche et sèche, creusée dans la craie à flanc de colline, que personne ne connaît et où j'aime me cacher.

Ce sera son refuge, son abri pour la nuit.

– Ici, tu pourras dormir tranquille.

– Je ne peux pas, il faut que je… riposte-t-il.

– … dorme.

– Mais…

– … maintenant.

– Il…

– … ici.

Il me regarde en silence, puis lentement étend la couverture qu'il a sortie de son sac et s'allonge. Il ferme les yeux et s'endort d'un coup, comme une pierre.

On dirait qu'il a marché toute sa vie. On dirait qu'il est poursuivi. On dirait qu'il craint pour sa vie.

Moi aussi j'ai envie de dormir. Vite, je redescends la colline, rentre dans la maison silencieuse, me glisse dans ma chambre, m'étends sur mon lit et ferme les yeux en me disant : « Demain, je saurai… Demain, il me dira… Demain… »

Réveillée tôt par les bruits familiers, j'entends mon père et mon frère faire leurs prières, et me lève d'un bond. Ma mère est occupée avec Deborah qui pleure, bien sûr, et tète encore. Les serviteurs et les ouvriers sont déjà au travail, personne ne fait attention à moi.

Au passage, je prends du pain, une cruche de lait de brebis, des dattes et me sauve. Le soleil vient de se lever, mais il ne fait pas encore trop chaud. Je traverse les vignes. Après Chavouot, quand les moissons seront terminées, on commencera à récolter le raisin. J'ai hâte, c'est une période gaie, une fête !

Ezra dort toujours et j'en profite pour le regarder à la lumière du jour. C'est un beau garçon, avec des bras et des jambes musclés et dorés, une masse de cheveux noirs (mais heureusement pas encore de barbe), une bouche bien dessinée qui semble sourire et des yeux…

… ouverts, qui me regardent gentiment.

– Bonjour, petit oiseau !

10. À l'aide !

Ezra a l'air plus calme ce matin, moins anxieux. Nous partageons le petit-déjeuner en écoutant les vrais oiseaux pépier. Puis il me dit :

– Merci de m'aider.

– C'est normal.

– Pourquoi ?

– Parce que tu t'appelles Ezra, dis-je en me moquant gentiment.

Il éclate de rire :

– Sauf que Ezra, ça veut dire « aide », pas « aide-moi ! ». Normalement, c'est moi qui dois aider.

– Eh bien là, c'est toi qui es aidé !

– En tout cas, jamais je ne pourrai assez te remercier.

– Essaie.

– Mais comment ?

– En me racontant.

Il me regarde longuement, comme s'il me jaugeait, comme s'il me jugeait, puis soupire :

– Si je te raconte, tu ne voudras plus être mon amie.

– Tu penses quoi ? Que je change d'avis sur les gens si facilement ? dis-je en m'énervant.

– Non…

– Quand j'aime bien quelqu'un, je lui reste fidèle !

– Et tu m'aimes bien ?

Je ne réponds pas, mes yeux parlent pour moi, et il semble les entendre. Il reprend en murmurant :

– Moi aussi…

Il me regarde comme s'il me trouvait jolie, et ça me plaît, mais ça me gêne aussi. Alors je secoue mes boucles et lui lance en riant :

– Et puis, de toute façon, qu'est-ce que tu as pu faire de si grave ? Tu n'as pas tué quelqu'un, quand même ?

Mais il ne rit pas, au contraire. Ses yeux s'emplissent de larmes et sa voix se met à trembler :

– Si, justement ! Enfin… je crois.

11. La basse-cour

Quoi ? Ezra, un assassin ? Ce n'est pas possible ! Je respire un grand coup et lui lance :

– Comment ça, *tu crois* ? Tu as tué quelqu'un ou pas ?

Il bafouille :

– Non… oui… Je ne sais pas… Je ne voulais pas…

Une larme coule sur sa joue, je tends la main et me penche vers lui pour l'essuyer doucement. Cela me fait mal de le voir pleurer. Mais mon geste, au lieu de le calmer, le fait craquer. Il se lève d'un bond et se met à tout me déballer, mots et sanglots mêlés, tout emmêlés.

– Je n'ai rien compris, lui dis-je, quand enfin il s'arrête. Quel âne ? Quel puits ? Quel mal ? Quelle fuite ? Recommence plus doucement et raconte-moi dans l'ordre.

Il ouvre la bouche, mais un cri en sort. L'air affolé, il regarde derrière moi, les yeux exorbités. Je me retourne et...

Oh non ! C'est mon frère, fou furieux, qui fonce sur nous en hurlant avec une pierre à la main !

– Laisse ma sœur tranquille, crie Ouriel en se rapprochant.

Ezra fait un pas en avant, le visage dur soudain, les poings serrés, et j'ai peine à reconnaître sa voix, tremblante de fureur, quand il se défend :

– Je ne lui ai pas fait de mal !

Ça m'énerve qu'ils parlent de moi ainsi, comme si je n'avais pas de voix, comme si j'étais un animal... Mais eux aussi, regardez-les, dressés comme deux petits coqs orgueilleux et belliqueux ! Je me glisse entre eux et me mets à caqueter en faisant la poule : « Cot cot cot, cot cot cot ! » d'une voix stridente, tout en froufroutant et en faisant semblant de les piquer avec mon bec. Du coup, ils sont bien obligés de reculer. Ils ne rient pas, mais moi, si, et au moins ils se calment un peu tout en continuant à se défier du regard. J'explique à mon frère :

– Ezra est mon ami.

– Cet étranger crasseux ? se moque-t-il.

Je m'écrie, scandalisée :

– Ouriel ! Ce n'est pas comme ça que nos parents nous ont appris à accueillir les gens de passage.

Ouriel prend un air penaud. Il n'est pas méchant, mon frère, seulement il s'enflamme vite. La faute à son prénom, sans doute… Il faut reconnaître, cependant, qu'il a un peu raison. Il est bien poussiéreux, mon pauvre Ezra !

Je demande à Ouriel :

– Tu ne travailles pas aux champs avec Abba ce matin ?

– Si, mais plus tard.

– Alors, tu pourrais peut-être emmener Ezra au ruisseau, derrière la maison, pour qu'il se lave ?

– Non, intervient Ezra. Je dois repartir tout de suite.

Hâtivement, il plie sa couverture et rassemble ses affaires. Mais Ouriel ne l'entend pas de cette oreille. Sa colère est retombée aussi vite qu'elle était montée. Il prend Ezra par l'épaule et l'entraîne en lui disant :

– Viens d'abord avec moi, tu vas te laver et manger un peu.

N'en croyant pas mes yeux, je vois Ezra s'éloigner vers son deuxième petit-déjeuner, tandis que je reste là, toute seule, à écouter la voix d'Ouriel qui me crie :

– Au fait, Tsipora, il faut que tu rentres ! Je te cherchais. Ima veut que tu t'occupes du bébé.

J'enrage…

12. Dodo, l'enfant do

Dès que j'arrive, ma mère me colle SON bébé dans les bras en me demandant où j'étais passée tout ce temps et, sans écouter ma réponse, elle file à la bergerie : la brebis va mal, et seule ma mère sait soigner les malades, bêtes ou gens.

Tant mieux pour la brebis… et tant pis pour l'oiseau ! Me voilà coincée dans la maison avec Deborah qui braille dans mes bras, tandis que les garçons s'amusent, j'en suis sûre, à se laver et s'ébrouer dans le ruisseau.

Ce n'est pas juste !

Deborah n'a pas l'air plus ravie que moi de cette situation. Comment la calmer ? Je la secoue, la couche, la reprends, la berce, lui parle, lui montre les poules, me fâche, la cajole, la supplie, m'énerve… et finis par lui faire ma plus horrible grimace. Et là, ô miracle, elle arrête de pleurer et me sourit. À moi !

Elle m'aime donc un peu, la petite abeille ?

Quand ma mère revient, elle nous trouve allongées sur son lit, dans les bras l'une de l'autre. Deborah dort profondément et moi je somnole. La nuit a été courte ! Mais je me relève bien vite et me sauve avant qu'Ima ait eu le temps de me charger d'une autre corvée. « Tu ne mangeras point le pain de la paresse », me cite-t-elle souvent. Eh bien, aujourd'hui… si !

Je descends jusqu'au ruisseau en appelant à tue-tête : « Ouriel ! » et tombe sur Ezra, allongé tout seul, tout propre (et rhabillé !), au soleil.

– Où est mon frère ?

– Ton père l'a appelé pour aller aux champs.

– Que lui as-tu dit ?

– Presque rien.

– Pourquoi ?

– Parce que mon histoire, je ne peux la confier qu'à une seule personne.

– À qui ?

– Au petit oiseau qui m'a porté secours…

13. Jamais ?

Alors Ezra se met enfin à tout me raconter...

– Je suis Ezra, fils de...

– Personne !

– Si ! Fils d'Ézechiel. Et je viens de...

– Nulle part !

– ... de Bethlehem.

– Mon village préféré !

– Moi aussi je l'aime... même si je sais que je ne le reverrai jamais, ajoute-t-il d'une voix triste.

– Pourquoi dis-tu ça ? Je suis sûre qu'un jour tu pourras revenir chez toi.

– Non, c'est impossible. Tu vois, Tsipora, je crois que j'ai tué un homme.

– Comment ça, tu crois ? Tu l'as tué ou quoi ? Il est mort ou pas ?

– Je ne sais pas... mais si, forcément. Il ne bougeait plus et du sang coulait de sa tête.

Ezra s'est mis à trembler. Je pose ma main sur son bras pour le calmer, mais il l'agrippe de toutes ses forces en criant :

– J'ai eu si peur, Tsipora ! Je ne voulais pas lui faire de mal, en tout cas, pas le tuer ! Mais il est tombé et sa tête a cogné le rebord du puits.

– Ce n'est pas de ta faute, alors !

– Si ! Je l'avais poussé…

– Mais pourquoi ?

– À cause de l'âne.

De l'âne ? Quel âne ? Je n'y comprends rien. Mais Ezra continue son récit :

– Puis sa femme est arrivée…

– La femme de l'âne ?

Malgré son émotion, il ne peut s'empêcher de rire :

– Mais non ! Sa femme à lui ! Elle criait : « Tu l'as tué, tu l'as tué ! » et son frère, qui la suivait, a hurlé : « Je vais te tuer, je vais te tuer ! » et moi…

– Tu t'es sauvé ?

– Ben oui. J'ai eu peur !

– Tu l'as cru ? Il n'allait pas le faire, quand même.

– Bien sûr que si !

– Il n'a pas le droit !

– Détrompe-toi. Non seulement il en a le droit, mais il en a le devoir.

– Pourquoi ?

– Parce qu'il est le vengeur de sang…

14. Vengeance

Le vengeur de sang !

Ça fait peur, ces mots-là, ça fait trembler.

– Tu comprends, m'explique Ezra, comme il est son parent le plus proche par le sang, il doit venger le meurtre de son frère en me tuant à son tour. C'est la loi.

– Tsipora ! Tsipora !

Oh non ! C'est encore ma mère qui me réclame. En plein milieu d'une histoire palpitante… Je fais celle qui n'entend pas, mais sa voix se rapproche dangereusement.

– Tsipora ! Il faut que tu ailles porter des provisions aux hommes !

Juste avant qu'elle ne nous rejoigne, je crie :

– J'arrive, Ima !

Tout en me levant, je me tourne vers Ezra et lui dis :

– Reste là, je reviens tout de suite.

– Non, Tsipora, je ne peux pas rester plus longtemps. Je dois m'enfuir. Le vengeur de sang est à ma poursuite. Mon seul espoir est d'atteindre Hébron avant qu'il ne me retrouve et me tue.

– Pourquoi Hébron ?

– Parce que c'est une ville de refuge.

Les villes de refuge... les villes de refuge... Ça me dit quelque chose. Il me semble qu'on en parle dans la Paracha, la partie de la Torah* qu'Ouriel a lue quand il est devenu Bar-Mitsva. Seulement, c'était il y a deux ans... et moi, j'en avais dix et je ne me souviens plus très bien.

Surtout que je n'écoutais pas vraiment. Je pensais aux gâteaux qui attendaient, à la fête qu'on allait faire, aux danses et aux chants qui m'entraîneraient. Car la Bar-Mitsva, c'est très important. C'est une cérémonie qui marque le passage des garçons à l'âge adulte : à treize ans, ils deviennent des hommes. Enfin... c'est ce qu'on dit ! Je croyais que, du jour au lendemain, Ouriel aurait une barbe et une grosse voix et deviendrait sérieux. Mais le matin qui a suivi, il a amené une chèvre dans ma chambre pour qu'elle me réveille en me léchant les pieds !

C'est adulte, ça ?

Et il avait toujours le même visage réjoui de diablotin...

---

* La Torah désigne les cinq livres de la Bible hébraïque, que les chrétiens appellent l'Ancien Testament.

La voix pressante d'Ezra me sort de ma rêverie.

– Shalom*, Tsipora, je ne t'oublierai pas.

– Non, Ezra, ne pars pas. Tu es en sécurité.

– Qu'est-ce que tu racontes ? Je t'ai dit que le vengeur de sang est à mes trousses !

– Jamais il ne viendra te chercher chez nous.

– Bien sûr que si. Tekoa est sur la route d'Hébron, non ?

– Oui. Mais je t'assure, personne n'ira imaginer qu'un meurtrier se cache ici.

– Pourquoi ?

– Parce que mon père, il est juge !

* Shalom signifie « paix » et est utilisé pour se saluer.

15. La présentation

Je file à la maison rassembler les cruches et les paniers pleins de victuailles que je charge sur l'âne. Puis je repasse par le ruisseau et pars dans les champs rejoindre les moissonneurs avec Ezra, pour le présenter à Abba. L'annonce que mon père était le juge de Tekoa, chargé de siéger tous les jeudis pour juger les affaires locales, l'a convaincu qu'il était en sécurité chez nous, au moins pour quelque temps. Quelle meilleure cachette en effet que la maison d'un juge pour un meurtrier ?

Ou presque meurtrier…

Ou pas du tout meurtrier…

Car j'ai des doutes, même si Ezra n'en a pas.

La seule précaution à prendre, c'est que le juge en question, mon Abba, ne se doute pas que le jeune étranger de passage sur ses terres est en fuite, avec peut-être du sang sur les mains. Elles ont l'air si propres pourtant, si douces, ses mains…

À l'approche du champ que les hommes sont en train de moissonner, Ezra ralentit, puis s'arrête :

– Non, Tsipora, je ne peux pas. Ton père va me questionner, il va deviner, il va me livrer…

Mais trop tard. Ouriel nous a aperçus et s'élance vers nous, l'air ravi de revoir son tout nouvel ami-ex-ennemi. Il le prend par le bras et l'entraîne vers mon père, assis au bord du champ sur lequel s'entassent les gerbes de froment liées qui attendent qu'on les emporte sur l'aire afin d'être battues. Abba les regarde approcher et demande :

– Qui es-tu ?

Ezra se retourne vers moi et me jette un regard à la fois perdu et éperdu. Que va-t-il dire ? Va-t-il mentir ? Mais on ne peut pas mentir à mon Abba ! Son regard est trop profond, sa volonté trop forte, la vérité sa loi. Avant qu'il ait pu ouvrir la bouche, Ouriel s'écrie :

– C'est Ezra, fils de…, et il se tourne vers Ezra pour qu'il continue.

Silence. Alors je viens à la rescousse :

– … Ézechiel.

Ouriel reprend :

– Il vient de…

– … Bethlehem, je claironne.

– Et il va à…

– … Hébron, je continue.

Mon père nous regarde tour à tour, l'air amusé, puis revient à Ezra :

– Que la paix soit sur toi, Ezra. Tu es le bienvenu chez nous. Mais tu as l'air bien jeune pour voyager seul…

Je veux intervenir mais, d'un geste, mon père me fait taire.

– Je suis orphelin, déclare alors Ezra d'une voix grave.

Tiens ? Je ne savais pas. Je comprends mieux le vague dans ses yeux, sa fuite solitaire, son désespoir.

– Que pouvons-nous faire pour toi ? questionne mon père avec douceur.

Ezra rougit violemment et son regard s'assombrit. Un instant, je me dis qu'il va craquer, supplier mon père : « Cachez-moi ! Protégez-moi ! Sauvez-moi ! Le vengeur de sang veut me tuer ! » Mais il respire un grand coup et répond d'une voix calme :

– Un abri pour la nuit et un peu à manger pendant quelques jours. En échange, je travaillerai pour vous.

– Tu peux rester autant de temps que tu le voudras, le rassure mon père.

Ça, c'est mon Abba à moi !

16. Le refuge

Sous mes doigts, le fil file et la roue roule, et dans ma tête les pensées dansent. J'ai laissé les hommes à leur moisson et je suis rentrée aider, encore aider, toujours aider ma mère, qui m'a plantée devant le métier à tisser en s'écriant :

– Quelle idée nous avons eue de t'appeler Tsipora ! Tu passes ton temps à voleter de-ci de-là, jamais tu ne te poses ! Allez, replie un peu tes ailes et…

– Mais… dis-je.

– … et ferme ton bec ! La laine doit être filée, le lin doit être tissé. Je veux te faire de nouvelles tuniques pour l'été. Tu as tellement grandi… et un peu grossi aussi, hein, petite femme ! Regardez-moi ces jolies formes !

Elle se met à me pincer la taille, me chatouiller sous les bras et me donner de petites tapes sur les fesses.

Je me débats, gronde, râle... puis j'éclate de rire, et elle aussi. Elle me montre ce que j'ai à faire et sort, en faisant son joli sourire.

Alors, ça va. J'aime mon Ima, même si elle me veut femme à son image et que moi, je ne veux être que moi.

Une Tsipora.

Une fille-oiseau !

Mais, pour l'instant, seules mes pensées peuvent s'envoler. Je me remémore ce qui s'est passé tout à l'heure, au bord du champ. Mon père a posé des questions à Ezra sur sa famille, bien sûr, et a testé ses connaissances. Ezra a raconté sa Bar-Mitsva et Ouriel, ne voulant pas être en reste, s'est mis à réciter sa Paracha pour montrer comme il est savant. Du coup, maintenant, je sais tout des villes de refuge.

Il s'agit de six villes disséminées dans le royaume d'Israël, où peuvent se réfugier ceux qui ont tué quelqu'un sans le faire exprès, et où ils sont à l'abri du vengeur de sang. Seulement, ils sont condamnés à y rester, sans possibilité d'en sortir avant très longtemps.

C'est pour ça qu'Ezra veut aller à Hébron. Pour ça qu'il est pressé. Pour ça qu'il pleure sa Bethlehem, qu'il craint de ne jamais revoir.

Ce meurtrier involontaire qui court vers sa ville de refuge, c'est Ezra !

Mais l'est-il vraiment ? Involontaire, oui, j'en suis sûre. Mais meurtrier ? Je n'arrive pas à le croire. De toute façon, il me manque la moitié de l'histoire. Je n'en peux plus de ne pas savoir et d'être coincée ici avec ce métier à tisser idiot ! Je m'agite, me balance d'un pied sur l'autre, fais tomber le fuseau, m'énerve contre la laine qui gratte, le soleil qui tape, ma ceinture qui serre, ma soif qui monte, ma mère qui arrive… encore avec le bébé dans les bras, qui immédiatement me sourit.

Et moi aussi ! Car comment résister à une Deborah qui m'aime ?

Ima me tend un gobelet plein d'eau fraîche délicieusement parfumée avec des feuilles de menthe et me libère d'un geste de la main :

– Ouste, du vent, petit oiseau fou !

Et je m'envole…

17. Shabbat shalom*

Quand je rejoins les hommes, la journée de travail tire à sa fin. Ezra est resté avec eux pour les aider. Au loin, je vois les pauvres du village, les veuves et les orphelins arriver pour glaner ce qui reste après le passage des moissonneurs : cette part leur est due, tout comme les quatre coins de chaque champ ainsi que les premières récoltes. Pareil pour les vendanges, qui commenceront cet été : on n'a pas le droit de ramasser les grappes de raisin tombées par terre, elles sont réservées aux nécessiteux. C'est une bonne loi, généreuse et juste, et tout le monde la respecte.

Nous rentrons tous ensemble et je suis contente de voir qu'Ezra paraît plus détendu. Mais impossible

* Salutation que l'on échange du vendredi soir au samedi soir pour se souhaiter un bon shabbat.

de le prendre à part et de l'interroger. On dirait presque qu'il m'a oubliée ! Il répond aux questions de mon père et rit aux bêtises de mon frère, sans un regard ou un mot pour moi. L'ingrat ! Vexée et furieuse, je fais mine de m'éloigner, mais sa main retient mon bras et il me fait un clin d'œil. Ah ! J'aime mieux ça ! Je lui souris et de nouveau le soleil brille dans ma vie.

Le soir, Ouriel et moi aidons Ezra à s'installer dans la bergerie vide, puisque depuis Pessa'h les moutons paissent dehors. Puis nous dînons tous ensemble, veillons un peu et partons nous coucher, sans que j'aie pu me retrouver seule avec mon ami pour lui poser les milliers de questions qui me tournent dans la tête. Que s'est-il passé ? Va-t-il rester ? Sera-t-il en sécurité ? Et après ? Et… et… et… Ezra !

Cette nuit-là, je rêve d'un âne vengeur qui court dans le noir en ricanant. Horrible !

Le lendemain, c'est vendredi et je passe la journée à aider ma mère et la servante à la cuisine. Tout doit être prêt pour le shabbat, car à partir de ce soir et jusqu'à samedi soir, quand la nuit tombera et qu'on ne pourra plus distinguer un fil blanc d'un fil noir, personne n'a le droit de travailler. Ni nous, ni les ouvriers, ni les serviteurs, ni les étrangers de passage (et donc Ezra…), ni même les animaux. Tout comme Dieu s'est reposé le septième jour après avoir créé le ciel, la Terre, les animaux et Adam et Ève, nous aussi nous nous reposons.

Seulement, en attendant, pétrir, éplucher, mélanger, cuire, découper, pour trois repas et pour tous les habitants du domaine… cela en fait, du travail ! Du coup, impossible de m'échapper pour aller retrouver Ezra qui, comme hier, aide aux champs. Ce n'est pas encore aujourd'hui que j'apprendrai le reste de l'histoire !

En fin d'après-midi, je me lave, je peigne et tresse mes cheveux, enfile ma plus belle tunique blanche et enroule plusieurs fois autour de ma taille une large ceinture. Pourvu qu'Ezra me trouve jolie ! Quand je rentre dans la pièce commune, le cœur battant, je le vois qui me regarde avec les yeux brillants et un grand sourire ravi. Ça veut dire oui ?

Tout le monde est rassemblé. Mon père fait le kiddouch* sur le vin, le motsi** sur le pain, et nous partageons ce repas délicieux qui marque le début du repos hebdomadaire. Ensuite, nous chantons et Ezra nous fait la surprise d'aller chercher sa flûte. Il joue comme un archange et je suis… aux anges. J'aime tant la musique, j'aime tant SA musique ! Ses doigts courent sur l'instrument, sa bouche chuchote les notes et ses yeux… ses yeux… me regardent.

Et moi j'écoute, et le regarde aussi.

---

* Le kiddouch est la bénédiction sur le vin, que l'on fait avant les repas de shabbat.

** Le motsi est la bénédiction sur le pain et le sel, que l'on fait avant chaque repas.

18. L'histoire

Il me faut attendre le lendemain après-midi, à l'heure de la sieste, pour enfin pouvoir parler avec Ezra. Tout le monde aime la sieste shabbatique, mes parents disent même que c'est le meilleur moment de la semaine. Mais moi, je déteste ! Ça m'énerve de me reposer ! Je trouve que c'est du temps perdu. Allongée sur ma couche, je me tourne, me retourne, me reretourne et… me relève pour aller à la recherche d'Ezra. Peut-être que lui non plus ne dort pas ? Peut-être que lui aussi veut me parler ? Peut-être… ?

Je le trouve assis au bord de la rivière. Il ne m'entend pas arriver et je l'observe un moment. Il semble perdu dans ses pensées et je n'ose pas le déranger. Il est beau comme ça, même s'il a l'air triste. J'attends longtemps, au moins cinq minutes, puis je me mets à siffloter. Il tourne la tête et me sourit :

– Bonjour, bel oiseau !

Je rougis et, pour masquer mon trouble, lui demande :

– Tu ne dors pas ?

– Non, je n'y arrive pas.

– Pourquoi ?

– Je ne sais pas quoi décider.

– Comment ça ?

– Qu'est-ce que je vais faire, Tsipora ?

– Mais je croyais que tu allais rester chez nous !

– Combien de temps ? Toute ma vie ? Je ne veux pas vivre dans la crainte ni continuer indéfiniment à me cacher. Ce n'est pas une solution. Il faut que j'affronte les conséquences de mon acte.

– Mais qu'as-tu fait exactement ? Dis-moi !

Et là, enfin, ENFIN, il me raconte toute l'histoire :

– Tout a commencé avec la bagarre entre mon âne et Dov.

– Ton âne et l'ours* ? Quel ours ?

Ezra éclate de rire :

– Pas un ours, non, notre voisin chez nous, à Bethlehem. Il s'appelle Dov, et porte bien son nom. C'est un vrai grincheux ! Du temps où mon père était encore en vie, Dov le respectait et ne nous embêtait pas trop. Mais depuis sa mort…

Sa voix se brise et ses yeux se remplissent de larmes.

– C'était quand ? je demande doucement.

---

* Dov signifie « ours » en hébreu.

– Il y a deux ans. Il était malade depuis longtemps…

Il respire un grand coup, s'essuie les yeux d'un geste brusque et reprend :

– Depuis sa mort, Dov est devenu infernal. Il boit trop et passe son temps à hurler, contre sa femme, la lune, la vie ou… notre âne.

– Il s'appelle comment, cet âne ?

– Balam. Il est avec nous depuis toujours et travaille dur. On l'attache à la noria* et il tourne autour du puits pour tirer de l'eau et irriguer le verger derrière notre maison.

– Le pauvre !

– Mais non, cela ne le dérange pas. Il sait qu'on a besoin de lui. Le soir venu, il a sa ration de fourrage et de caresses. Et bien sûr, ajoute-t-il d'un ton un peu sentencieux, il ne travaille pas pendant le shabbat.

Oh là là, monsieur le grand prêtre ! Il veut me faire la leçon ? Qu'est-ce qu'il croit, qu'on est des païens ? Nous aussi on respecte les lois de la Torah et on traite nos bêtes avec délicatesse et respect : on les nourrit en premier, on n'attelle pas un cheval avec un bœuf et on ne fait pas cuire le chevreau dans le lait de sa mère !

Mais Ezra continue son histoire :

– Il est paisible et n'a jamais fait de mal à personne. C'est pour ça que je n'ai pas supporté quand Dov est entré dans notre cour en hurlant que Balam avait mangé le foin de sa vache.

* Appareil hydraulique.

– C'était vrai ?

– Pas du tout ! s'insurge Ezra. Balam n'est pas un voleur ! C'est ce que j'ai tenté d'expliquer à Dov, mais il ne m'écoutait pas. Soudain il s'est penché et a lancé des cailloux à mon âne. L'un a touché Balam à l'œil, il s'est mis à braire de douleur et alors…

– … Tu t'es jeté sur Dov.

– Ben oui, pour défendre Balam ! On a commencé à se battre, je l'ai poussé et… tu sais la suite.

– Mais ce n'est pas de ta faute ! Tu as eu raison de défendre ton âne !

– De le défendre, oui. Mais de tuer, non. Tu connais comme moi le sixième commandement*…

– « Tu ne tueras point »…

---

* Les dix commandements sont des instructions morales et religieuses reçues de Dieu par Moïse sur le mont Sinaï.

19. La maison du pain

Non, tu ne tueras point.

Et Ezra a tué Dov. Ou du moins il le croit.

Il doit donc mourir pour avoir versé le sang d'un autre homme. C'est ce que dit la loi.

Le seul moyen d'échapper à la mort serait pour lui de se réfugier à Hébron. Il y a droit, car il a tué son voisin involontairement : c'était un accident. Mais, s'il est gracié, il devra passer à Hébron le reste de sa vie.

Et ça, pour Ezra, ce n'est pas une vie ! Sa vie à lui, elle est à Bethlehem. C'est ce qu'il m'explique en long, en large et en travers, au cours des jours et des semaines qui suivent.

Car il ne part pas, Ezra, il reste là. Malade de peur, rongé par le doute, ravagé de regrets, il oscille entre révolte et désespoir. Incapable de prendre une décision, il hésite et s'interroge (et m'interroge !) :

Que faire? Rentrer? S'enfuir? Attendre? Se livrer? Se cacher? Tant de questions et aucune réponse. Je l'écoute et essaie de l'aider, mais comment? Il n'y a pas de solution, et pour la première fois de ma vie, je ne trouve rien à dire...

Pauvre Ezra! Il est si malheureux, et moi si heureuse! Pas de le voir malheureux, bien sûr, mais de le voir tout court, tous les jours, de profiter de son rare sourire et de ses beaux yeux qui me regardent avec tant de confiance.

Peut-être que c'est pour moi qu'il reste?

Alors, quand on se retrouve seuls, entre deux tâches, au fil de nos promenades, le soir après le dîner ou le shabbat, il me confie son désarroi mais aussi, surtout, il me raconte sa ville et sa vie.

– Bethlehem est si jolie!

– Je sais, je la connais, ma tante y habite, je lui réponds.

Mais il ne prête pas attention à ce que je dis et continue à me décrire par le menu les ruelles pittoresques, les grands bâtiments et sa petite maison au milieu d'un verger. Il évoque également avec tendresse sa mère, si douce, mais aussi si triste depuis la perte de son mari, et qu'il ne se pardonne pas d'avoir abandonnée.

– Tu as des frères et sœurs?

– Non, c'est juste elle et moi... enfin, c'était. Maintenant, c'est elle toute seule, et je m'en veux terriblement.

– Ce n'est pas de ta faute...

– Peut-être, mais j'avais promis à mon père, sur son lit de mort, de veiller sur elle.

– Il te manque ?

– Oh oui ! soupire-t-il, tout le temps. Tu as de la chance…

Ça oui, j'ai de la chance d'avoir mon Abba toujours là et si bon ! Mais, comme je ne veux pas qu'il reste avec ce regard triste, je lui lance :

– Une jolie ville, une belle maison, un grand jardin… Je parie que tu ne fais rien que te prélasser toute la journée !

– Pas du tout ! s'insurge-t-il. Je travaille ! C'est moi qui m'occupe du verger. Nous avons toutes sortes d'arbres qui donnent des fruits délicieux.

– Et vous avez des bêtes ?

– Bien sûr ! Nous avons un âne…

Je le coupe en riant :

– Le précieux Balam, je sais…

– Ne te moque pas ! Nous avons aussi des chèvres et des poules. Et puis je m'occupe de nos ruches : c'est le travail que je préfère. Tu verras comme leur miel est délicieux…

Soudain, il s'interrompt et nous nous taisons. Reverra-t-il un jour ses abeilles ? Goûterai-je un jour son miel ? Vite, je reprends mon interrogatoire :

– Tu ne fais que travailler, alors ? Mon pauvre…

– Mais non, voyons ! Le soir et le shabbat, je retrouve mes amis et nous bavardons, jouons ou nous bagarrons un peu. Je les connais depuis toujours.

Des amis, ça va. Pas d'amies, j'espère... Pas de petite amie, surtout !

– J'aime bien aussi me promener seul dans la campagne ou jouer de la flûte sous le ciel étoilé, poursuit-il.

– Et tu penses à quoi ?

– À mon père, à la vie, à...

L'amour ? Mais non, un garçon, ça ne pense pas à ça...

20. Le plan

– Il faut aller à Bethlehem !

C'est ce que je lance à Ezra, un soir après le dîner, alors que nous sommes assis à notre place favorite, sous le figuier. Il me regarde comme si j'étais devenue complètement folle et s'écrie :

– Ça ne va pas, non ? Et le vengeur de sang ?

– Calme-toi et réfléchis, Ezra. Peut-être qu'il ne veut pas te tuer. Peut-être que tout le monde a compris que c'était un accident. Et peut-être que…

– Peut-être que quoi ?

– Peut-être qu'il n'y a pas de vengeur de sang…

– Bien sûr que si, voyons !

– Pas si sûr que ça, non.

– Mais si, Tsipora ! s'énerve Ezra. Puisque j'ai tué Dov…

– Tu CROIS que tu as tué Dov. Mais… si tu te trompais ?

– Je l'ai vu ! Il est tombé, il a saigné, il a cessé de parler et de bouger, et ses yeux se sont fermés.

– Et alors ? Ça ne veut pas forcément dire qu'il était mort ! Peut-être qu'il n'était qu'assommé ou blessé ? Peut-être qu'il s'est réveillé et relevé ? Peut-être qu'on l'a soigné ? Qu'est-ce que tu en sais ? Tu t'es enfui tout de suite sans prendre le temps de vérifier.

Je vois le regard d'Ezra se perdre dans le lointain. Il murmure, d'un ton plein d'espoir :

– Tu crois ?

– Je ne sais pas, mais ça vaut la peine d'aller voir ce qu'il en est vraiment.

Brusquement il se lève d'un bond, les yeux brillants, et s'écrie d'une voix tout excitée :

– Tu as raison ! Je rentre !

Je hurle :

– NON ! Pas toi. Si jamais…

Je ne finis pas ma phrase, mais il comprend ce que je ne dis pas : « Si jamais je me trompe… Si jamais Dov est mort… Si jamais tu es coupable… Si jamais le vengeur de sang… »

– Alors qui ?

– Ben… moi, je propose timidement.

– Jamais de la vie ! s'exclame-t-il. C'est à moi de régler ça tout seul.

– C'est trop risqué, Ezra. Laisse-moi t'aider. Écoute, j'ai une idée.

– Une idée d'oiseau ? se moque-t-il.

– Arrête ! Tu sais que c'est bientôt Chavouot* et, comme pour toutes les fêtes de pèlerinage, mon père va se rendre à Jérusalem avec mon frère.

– Et alors ?

– Et alors, comme à chaque fois, je vais tellement le cajoler, le supplier, l'embobiner qu'il finira par céder et acceptera de m'emmener.

– Ça, je suis sûr que tu arriveras à tes fins. Personne ne peut te résister…

Il me regarde avec un petit sourire et je me sens rougir. Il reprend :

– Mais je ne vois pas en quoi cela va m'aider.

– C'est très simple. Sur la route de Jérusalem, il y a…

– Bethlehem !

– Exactement. À l'aller, nous n'aurons pas le temps, mais je vais m'arranger pour que mon père me laisse quelques jours chez ma tante au retour, et je mènerai mon enquête.

– Je ne veux pas que tu te mettes en danger ! proteste-t-il.

– Quel danger ? Je poserai juste des questions et regarderai autour de moi. Ne t'inquiète pas et fais-moi confiance.

---

* Chavouot est une des trois fêtes de pèlerinage. On y célèbre les moissons et le don de la Torah.

Il ne dit pas oui, mais il ne dit pas non. Et le lendemain, il m'annonce, un peu à contrecœur, qu'il a bien réfléchi et qu'il accepte mon aide.

Dans la Torah, on raconte que Noé, enfermé dans son arche, a envoyé deux colombes vers la Terre en éclaireuses, pour voir si le déluge s'était arrêté. Elles sont revenues avec un rameau d'olivier dans le bec tandis que, derrière elles, se déployait un magnifique arc-en-ciel.

Ce sera moi, la colombe d'Ezra, et j'espère que, quand je reviendrai, sa vie se parera de toutes les couleurs de l'arc-en-ciel grâce à moi !

21. Jérusalem d'or

Quelques jours plus tard, nous partons, mon père, Ouriel et moi, en emportant les prémices pour les offrir au Temple : ce sont les premiers grains moissonnés, deux miches de pain fait avec la farine provenant de la nouvelle récolte, et les premiers fruits cueillis, le tout chargé sur une charrette tirée par notre âne, très râleur et bien moins sympathique que le divin Balam. Mon père a proposé à Ezra de nous accompagner, mais il a refusé tellement vivement que j'ai eu peur qu'Abba ne se doute de quelque chose. C'est sans doute le cas, d'ailleurs, car il l'a regardé longuement, comme il le fait parfois, mais n'a pas insisté.

Nous prenons la route au petit matin et je vois s'éloigner la mince silhouette d'Ezra dressée, solitaire, devant notre ferme. Au moment de la séparation, il m'a lancé un regard tellement plein d'attente et d'espoir que mon cœur s'est serré. Pourvu que je ne le déçoive pas...

Nous marchons toute la journée sous un soleil radieux et arrivons à Jérusalem tard dans la soirée. Nous nous rendons directement chez mes grands-parents maternels qui vont nous héberger pendant notre séjour et, après une petite collation, nous nous écroulons sur notre lit et sombrons dans le sommeil.

Le lendemain matin, nous sortons très tôt de la maison et nous traversons la ville. Comme Jérusalem est belle, avec son Temple majestueux en marbre blanc et aux colonnes dorées, et à côté le magnifique palais du roi Salomon ! Depuis le début de son règne, le pays n'a connu aucune guerre. C'est un roi sage et juste, et tout le monde s'en remet à son jugement.

La ville est en fête et dans les rues la foule se presse. J'admire les belles dames avec leurs tuniques brodées de couleur pourpre, leurs amples manteaux, leurs bracelets aux bras et aux chevilles, et leurs yeux fardés. Elles sentent si bon... J'aimerais bien leur ressembler ! Les hommes se dirigent avec leurs offrandes vers l'esplanade du Temple. Il y a des enfants partout, qui courent et dansent et jouent.

Mais moi je ne joue pas : je pense à ma mission.

Après être allés offrir nos prémices au Temple et avoir prié au milieu des pèlerins, nous rentrons chez mes grands-parents pour le repas de fête. Toute la famille de ma mère est là : ceux que j'aime bien, ceux que j'aime moins et... celui dont je ne veux point : Élie l'Ennui !

Il est venu de Galilée avec son père pour Chavouot, lui aussi. Dès qu'il me voit, il vient s'asseoir à côté de moi et passe le dîner à me jeter des regards humides de veau malheureux, en poussant des soupirs à fendre l'âme.

Seulement mon âme à moi, elle ne se fend pas !

Néanmoins, je fais des efforts pour lui parler gentiment, mais il m'énerve tellement que j'en ai les dents qui grincent. J'essaie de sourire, mais j'ai l'impression que mes lèvres se fendillent. Pourtant il n'est pas laid, c'est vrai, mais quel benêt ! Quand je lui parle, il ne trouve rien à me répondre et se contente de sourire d'un air niais.

Nous passons la journée du lendemain en visites et en promenades. Le soir, à la fin du repas, je remarque avec inquiétude Samuel, le père d'Élie, plongé dans une grande discussion avec le mien. Je sais très bien de qui ils parlent, de quoi ils reparlent… Dis non, Abba, par pitié, dis NON !

Pas la peine de m'inquiéter, déjà Samuel s'éloigne, l'air furieux, en tentant d'entraîner son fils à sa suite. Mais Élie se dégage brusquement et, l'air sombre, se dirige vers moi. Hou là là, qu'est-ce qui lui prend ?

– Pourquoi tu ne veux pas de moi ? me demande-t-il d'une voix geignarde.

– Parce que… parce que… je suis trop jeune, je bafouille, cherchant désespérément quoi lui dire.

– Mais… mais… bêle-t-il.

– Écoute, Élie, oublie-moi. De toute façon, je ne veux pas me marier.

Il s'éloigne, les épaules basses, et je ne me sens pas très fière de moi. Surtout que je viens de lui mentir. Car ce n'est pas, enfin, ce n'est plus tout à fait vrai. Je suis sûre maintenant qu'un jour je me marierai.

Mais je ne pouvais quand même pas lui donner la vraie raison, qui est que je ne l'aime pas ! C'est vrai, ça, il ne me plaît pas du tout. Il est ennuyeux et trop vieux, presque dix-sept ans !, et sa barbe est trop noire.

Moi, les garçons que j'aime, ce sont ceux de quatorze ans avec le visage lisse et les yeux pétillants, ceux qui ont la voix rieuse et du feu dans le sang. Ceux-là, je les épouserais bien… Au moins un, en tout cas !

À Ezra, un jour, je dirai oui.

Mais s'il ne demande pas ?

Alors, c'est moi qui demanderai !

22. Sur les lieux du crime

Nous repartons de Jérusalem le troisième jour après le déjeuner, et dès le départ je me plains, fais ma fatiguée et finis par monter sur la charrette en prenant un air souffreteux. Nous arrivons en fin d'après-midi à Bethlehem et nous rendons chez Rebecca, la sœur de mon père, où nous devons passer la nuit. Au matin, au moment de me lever pour repartir, oh comme j'ai mal aux pieds, aïe la tête me cogne, et mon ventre il me serre, et mes yeux ils me piquent et…

– Ça va, ça va, ronchonne mon père, j'ai compris. Tu veux faire ta princesse et te laisser gâter par Rebecca, c'est ça ?

Rebecca n'a pas de fille, que des fils, déjà mariés, et eux aussi n'ont que des fils. Alors elle adore me pomponner, me gaver de friandises, coiffer mes cheveux et me raconter des histoires. Moi, ça m'énerve un peu, mais j'aime bien aussi, quand même.

Juste avant qu'il ne reparte avec mon père, je prends Ouriel à part :

– Il faut que tu transmettes un message à Ezra.

– C'est quoi ?

– « Ne désespère pas, je travaille pour toi. »

– Qu'est-ce que ça veut dire ?

– Je ne peux pas t'expliquer. Mais promets-moi de le lui répéter.

– Mais…

– Ouriel ! crie mon père, déjà dans la rue. Nous partons.

J'insiste en lui attrapant le bras :

– Tu promets ?

Il se dégage, commence à sourire d'un air moqueur, puis se ravise et me dit :

– Promis, Tsiporette, je transmettrai à ton amoureux.

Mon amoureux ! N'importe quoi !!!

Ils partent et je rentre dans la maison.

Ma mission commence !

Tout en me bourrant de beignets (miam), en me brossant interminablement les cheveux (aïe), en me parant de petits bracelets (cling), en me drapant dans du lin bleu pour m'en faire une nouvelle tunique (jo-lie !), Rebecca jacasse. Elle me raconte les naissances, les mariages et les fiançailles, tout ce qu'elle pense pouvoir intéresser une jeune fille. Je ronge mon frein, je fais « oh, ah, hein ? », et attends, en vain, qu'elle aborde des sujets plus sérieux. Finalement, je profite d'un court instant où elle reprend sa respiration pour l'interrompre :

– Et des drames ? Des scandales ? Il n'y en a pas, à Bethlehem ?

Je la vois hésiter, partagée entre le plaisir des commérages et le souci qu'elle a de mon éducation. Heureusement pour moi, c'est la commère en elle qui l'emporte et elle me souffle, d'un air ravi :

– Oh si ! Qu'est-ce que tu crois ? Il y en a, ici, des histoires ! Des disputes, des vols, des bagarres, des morts…

– Ah bon ? Qui, par exemple ?

Mais elle ne m'écoute pas et continue sur sa lancée :

– … et on a même eu une disparition !

J'insiste un peu :

– Tu veux dire… un mort ?

– Non, non, pas du tout ! Enfin… on n'en sait rien. Du jour au lendemain, un jeune homme a disparu.

– Quel âge avait-il ?

– Quel âge a Ezra ? se demande-t-elle en fronçant les sourcils.

Oui ! Ezra ! Mon Ezra !

– Quatorze ans, je crois, finit-elle par déclarer. Sa mère, Sarah, une pauvre veuve, se retrouve toute seule et se désespère d'avoir perdu son fils adoré.

– On ne disparaît pas comme ça, sans raison. Que s'est-il passé ?

– Rien.

– Ce n'est pas possible ! Il est forcément arrivé quelque chose.

– Peut-être, mais personne n'a rien vu, rien entendu, rien su.

– Personne ? Même les voisins ?

– Pourquoi les voisins ?

Rebecca me jette un regard étonné.

– Je ne sais pas, je disais ça comme ça. Mais quelqu'un doit bien avoir une idée, quand même.

– Non, je t'assure. C'est pour ça que c'est si mystérieux. Il était dans la cour, tout seul, avec leur âne, sa mère était partie rendre visite à une de ses amies. Quand elle est rentrée, à la nuit tombée, il n'y avait plus que l'âne.

– Balam... dis-je à voix basse.

– Qu'as-tu dit ?

Cette fois, ma tante me regarde avec méfiance.

Je m'empresse de rectifier :

– Rien, rien, j'ai juste dit « quel drame ».

– Ah bon ? J'avais cru... Mais tu as raison, c'est un drame.

– Oui, c'est épouvantable, renchéris-je en essayant de prendre un air affligé.

Mais au fond de moi, je jubile et je pense que non, ce n'est pas épouvantable du tout, c'est génial au contraire ! Car, si Rebecca ne sait rien du sort du voisin... c'est que le voisin n'a rien ! Si on n'accuse Ezra de rien... c'est qu'il n'a rien fait !

– Tu viens ?

La voix impatiente de Rebecca interrompt mes pensées.

– Quoi ? Où ? Quand ?

– Tu ne m'écoutes pas ! me gronde-t-elle gentiment. Je te proposais d'aller rendre visite à cette pauvre Sarah. Ça va lui changer les idées de rencontrer une jolie jeune fille comme toi…

23. La maison de l'âne

Nous nous mettons en chemin pour aller chez Sarah, c'est-à-dire chez Ezra ! Je ne pensais pas que ce serait si facile, et mon cœur s'emballe de peur et d'impatience. Je vais enfin tout savoir et j'ai bon espoir. Grâce à moi, tout va s'arranger !

La maison de Sarah est en briques, pas très grande, à la sortie du village. Rebecca frappe à la porte et, en attendant qu'on nous ouvre, je me retourne et essaie de regarder dans la maison de l'autre côté. Ce doit être celle de Dov, puisque c'est son voisin et qu'il n'y en a pas d'autre aux alentours. Je vais peut-être l'apercevoir par la porte ouverte ? Mais impossible de rien discerner, car sa porte n'est pas en face de celle d'Ezra. Ah ! c'est vrai, je me souviens, mon père m'a expliqué que, dans les villes, les maisons sont construites exprès comme ça pour éviter que les gens ne voient ce qui se passe chez leurs voisins.

Exprès pour éviter que Tsipora ne voie ce qui se passe chez le voisin d'Ezra...

La porte s'ouvre enfin et la mère d'Ezra apparaît. Elle est petite et un peu ronde, pas comme mon Ima, grande et mince. Son visage semble fatigué et ses traits sont tirés. Mais elle a les mêmes beaux yeux noirs que son fils, mon ami.

Le même regard triste.

Elle nous emmène dans la cour et je vois le fameux puits, et je vois le verger, et je vois les ruches, et je ne vois pas mais j'entends l'âne qui braie. Ezra m'a tellement décrit son environnement dans le moindre détail que tout me semble familier. Sarah nous invite à nous asseoir sous un olivier et elle nous sert à boire. Pourvu qu'elle se mette vite à raconter !

Mais non, elle sourit plus qu'elle ne parle. Pourtant, Rebecca ne cesse de lui demander comment elle va, comment elle va faire, comment elle se sent, comment comment comment, mais à chaque fois, Sarah me jette un regard gêné qui semble dire : « Pas devant la petite. »

C'est bien ma chance ! Alors je me lance :

– Comment vont vos voisins ?

Elle ouvre grand les yeux, interloquée :

– Mes voisins ? Quels voisins ?

– Euh... je ne sais pas. Ceux d'en face, par exemple.

– Mais oui, renchérit ma tante, venant involontairement à mon aide. Ton terrible voisin, celui qui est si violent et bruyant. T'embête-t-il toujours ?

– Dov ?

– Oui, c'est ça ! nous exclamons-nous d'une seule voix, Rebecca et moi, ce qui me vaut un coup d'œil étonné des deux femmes.

Alors Sarah secoue la tête et déclare d'une voix grave :

– Tu n'es donc pas au courant ? Dov est mort !

24. Non !

Oh, mon Dieu !

Ezra est perdu…

Et moi désespérée.

La visite se termine peu après, sans que j'en apprenne plus. Rebecca a bien essayé d'obtenir des détails croustillants, mais Sarah s'est refusée à raconter quoi que ce soit devant moi. De toute façon, à quoi bon ? Je ne sais que trop ce qui s'est passé…

Ce qu'Ezra m'a raconté, ce qu'il craignait, est vrai.

Dov est mort, et c'est lui qui l'a tué.

Sur le chemin du retour, je traîne les pieds sans écouter un mot des bavardages de Rebecca. J'ai une boule dans la gorge et envie de pleurer. Mes pensées s'affolent et m'affolent. Que faire maintenant ? Que dire ? Comment aider Ezra ? Mais rien, je ne trouve rien. Ma mission s'arrête à peine commencée, et c'est un échec, un horrible échec.

Moi qui espérais tellement rapporter à Ezra de bonnes nouvelles ! Moi qui rêvais si fort d'être sa colombe de la paix ! J'aurais couru vers lui en riant et lui aurais crié qu'il était sauvé, que tout était arrangé, que rien de grave ne s'était passé et qu'il pouvait rentrer… Il aurait été si heureux, si soulagé, il m'aurait tant remerciée !

Il m'aurait tant aimée…

Au lieu de cela, je vais être la messagère du malheur et il va me détester. Je vais devoir lui confirmer que le pire est arrivé, qu'en effet il a tué et qu'il est condamné. À mort.

NON !

De retour à la maison, je continue à me ronger les sangs et ma tante, inquiète, me tourne autour comme une poule caquetante. Elle m'énerve avec ses : « Qu'est-ce que tu as ? Tu es malade ? Prends un gâteau. Viens m'embrasser. » Mais elle est gentille et je ne veux pas la peiner. Alors, je fais un énorme effort tout le reste de la journée pour paraître l'habituelle Tsipora sans soucis.

Ce n'est pas très réussi…

Elle me fait coucher tôt, mais évidemment, je n'arrive pas à m'endormir. Du fond de mon lit, j'entends des voix discuter dans la pièce à côté, que je n'écoute pas.

Je ne pense qu'à Ezra.

À la fin d'Ezra.
À moi sans Ezra.
Et je pleure…

Le lendemain matin, Rebecca vient me réveiller tôt et m'annonce que son mari a trouvé quelqu'un pour me ramener chez moi, sans attendre que mon père ou mon frère ne vienne me chercher, comme c'était prévu, dans quelques jours.

– Tu m'inquiètes, ma princesse. Je ne te reconnais plus. Je préfère que tu sois avec ta mère. Hava saura te soigner.

Ce quelqu'un s'appelle Jephta, et le voici qui arrive avec son âne, en compagnie de l'oncle Zacharie. C'est un homme grand à l'air sévère que je ne connais pas, mais qui connaît mon père. Il est juge, lui aussi, et préside le tribunal de Bethlehem. Il a besoin de conseils pour une étrange affaire, explique-t-il à Rebecca.

Et les meilleurs conseils, les plus justes, les plus sages, ce sont ceux que donne mon père, mon Abba !

Pas le temps de discuter, pas la force de supplier, pas de raison de rester. Rebecca prépare mes affaires, m'embrasse très fort, me pousse vers Jephta, qui me fait monter sur son âne, et ça y est, déjà nous partons.

Jamais je n'aurais imaginé qu'un jour j'aurais peur de rentrer chez moi…

25. Triste retour

Toute la matinée nous cheminons sous le soleil. Je voudrais tellement arriver… Je voudrais ne jamais arriver… J'ai envie de retrouver mon Ima pour qu'elle me console… J'ai peur de retrouver Ezra et qu'il se désole…

L'ami de mon père, Jephta, marche à côté de l'âne, plongé dans ses pensées. De temps en temps, il me lance une remarque, me montre un troupeau au loin, me propose à boire ou quelques dattes. Je lui réponds bien sûr, fais l'étonnée, pose des questions, grignote et sirote. Mais j'ai du mal à m'intéresser à autre chose qu'à ma peur, à mon chagrin, à l'épreuve qui m'attend et à ce qui va suivre. Je n'ose l'imaginer.

Et puis bien vite, trop vite, j'aperçois nos champs, je reconnais nos chèvres et je distingue nos vignes. Quoi ? On arrive déjà ? Nous entrons dans la cour et Ima sort en poussant un cri, surprise et ravie de mon retour prématuré. Je me jette dans ses bras, c'est bon, je voudrais ne jamais en sortir. Je la laisse accueillir le juge et je file voir Deborah qui dort, hélas; j'aurais pourtant bien eu besoin de son sourire. Quand je ressors dans la cour, ma mère est en train de dire à Jephta:

– Asseyez-vous sous le figuier, Menashé est allé voir les vignes, il ne va pas tarder à rentrer pour déjeuner.

Menashé… et Ouriel… et Ezra.

En effet, peu après, mon père revient et se réjouit de revoir son ami. Et Ezra se réjouit de revoir son amie…

… Sauf que moi, son amie, je ne le salue même pas, je fuis ses regards. Je me consacre exclusivement à la jolie Deborah enfin réveillée qui heureusement me fait fête de tous ses petits bras et de toutes ses petites jambes. Je sens les yeux d'Ezra me brûler le dos et le rouge de la honte me brûler les joues. Mais je continue à faire comme si de rien n'était, comme s'il n'était rien. Ou personne. Je ne peux pas le regarder! Je ne peux pas lui dire! Je ne peux pas le tuer d'un mot désespéré!

Tout le monde s'assied, je repose Deborah dans son panier et mon père propose à Jephta de faire la bénédiction sur le pain. Ouriel n'a pas fini sa tâche, il nous rejoindra plus tard. Sans l'attendre, le repas est servi et nous commençons à manger.

Et Jephta commence à parler:

– Menashé, mon ami, j'ai besoin de toi et de tes lumières. Tu connais la Loi mieux que personne.

– Tu me fais trop d'honneur, Jephta. J'essaie simplement de vivre en accord avec les enseignements de la Torah.

– Mais tes jugements sont toujours sages, à la fois justes et compatissants, comme ceux de notre roi Salomon.

– Dis-moi quel est ton problème et je ferai de mon mieux pour te conseiller, avec l'aide de Dieu.

– Un homme est mort à Bethlehem.

– Paix à son âme.

– Il s'appelait Dov…

Je sens le regard d'Ezra qui me transperce, je sens la détresse d'Ezra qui me renverse, je sens la terreur d'Ezra qui me terrasse.

– … et il a été tué par un âne.

Balam !

26. Pas possible !

Ezra et moi nous regardons, interloqués. Qu'est-ce qu'il raconte ? Balam n'a pas tué Dov ! C'est Ezra qui…

– Les ânes ne tuent pas ! s'écrie-t-il, incapable de ne pas intervenir.

Les deux hommes se tournent vers lui, et mon père lui répond :

– Cela dépend, Ezra. Certains animaux sont « moad », agressifs.

– Pas… déclare Ezra, furieux d'entendre dire du mal de son cher Balam.

Mais Jephta le prend de vitesse :

– Mais non, justement, c'est ça le problème. Il s'agit d'un animal très doux, qui appartient à une veuve que je ne connais pas, mais qui a bonne réputation. Elle n'a pas beaucoup de revenus, d'autant plus que son fils, qui l'aidait beaucoup, a disparu.

Mon père se tourne lentement vers Ezra et le fixe longuement, sans un mot. Ezra lui jette un regard implorant, avant de s'adresser à Jephta :

– Impossible donc que l'âne ait tué cet homme. C'est…

Il s'arrête un instant, respire un grand coup puis reprend :

– … quelqu'un d'autre qui l'a fait, sûrement sans le faire exprès.

J'entends sa voix trembler, je vois ses yeux mouillés.

– Mais non, rétorque Jephta d'un ton péremptoire, aucun doute là-dessus : c'est l'âne qui est coupable.

Je sens l'espoir de nouveau frémir en moi. Ce Jephta a l'air bien sûr de lui. Peut-être que… peut-être que…

Alors je demande :

– Quelqu'un l'a vu ?

– Tout le monde l'a vu !

Ezra fronce les sourcils, il n'y comprend plus rien. Et moi non plus. Je croyais qu'il était tout seul quand ça s'est passé…

– Ça s'est passé quand ? j'insiste.

– Il y a trois jours, le soir de Chavouot.

Comment ? Il y a trois jours ? Pas trois semaines ? Mais alors… mais alors…

Soudain, Ezra et moi nous regardons, fous de joie, et nous tombons dans les bras l'un de l'autre en hurlant d'une seule voix :

– C'est pas toi !!! C'est pas moi !!!

27. Et alors ?

Heureusement, à ce moment-là Deborah se met à pleurer et Ouriel arrive affamé. Ma mère s'affaire auprès des deux, et les serviteurs se lèvent, leur repas terminé. Jephta nous observe avec méfiance, tandis que mon père sourit avec malice.

Une fois l'agitation retombée, Jephta reprend son récit :

– D'après ce qu'on m'a rapporté, cet homme, Dov, était connu pour sa brutalité et ses excès. Apparemment, il passait son temps à s'en prendre à ses voisins et à accuser leur âne de tous les méfaits.

Je jette un regard à Ezra qui écoute sans mot dire, les sourcils froncés.

– Le soir de Chavouot, continue Jephta, excité par plusieurs coupes de vin, il a fait irruption dans la cour de la maison de Sarah, où celle-ci se trouvait en compagnie de plusieurs membres de sa famille. Il s'est précipité vers l'âne qui mangeait tranquillement près du puits et l'a tiré méchamment par le licou en le traitant de sale bourricot puant.

Tandis qu'Ezra serre les poings, je m'écrie :

– C'est méchant !

– Quel âne ? Quel Dov ? Quelle Sarah ? Qu'est-ce que vous racontez ? lance Ouriel, un peu rassasié, qui se réveille soudain.

– Laisse Jephta finir, le calme mon père, et ensuite... Ezra pourra tout te raconter, ajoute-t-il avec un petit sourire.

– Ezra ? Pourquoi Ezra ? Qu'est-ce qu'il a à voir avec cette histoire ?

– Chut... Patience... Continue, Jephta. Nous t'écoutons.

– L'âne a commencé à secouer la tête en tous sens, et Dov, fou de rage, lui a décoché un coup de pied dans le ventre.

– BALAM ! s'écrie Ezra, n'en pouvant plus.

– Euh... oui, en effet, tu as deviné, c'est bien le nom de l'âne. Sarah s'est levée pour intervenir, aidée par les gens de sa famille, mais Dov s'est mis à les injurier, elle et son « mamzer » de fils...

Du coin de l'œil, je vois Ezra qui ne se tient plus. Ses yeux lancent des éclairs et je l'entends qui gronde : « Bâtard toi-même ! Quand je pense que je n'étais pas là ! J'aurais... j'aurais... »

Ça, j'en suis sûre, il aurait… il aurait… Alors heureusement qu'il n'y était pas !

– Au moment où Sarah et les autres arrivaient sur lui, Dov a de nouveau frappé Balam qui, fou de douleur, lui a balancé un grand coup de pied dans les… hum… enfin… le… hum hum…

Tout en bafouillant, Jephta jette un coup d'œil gêné à ma mère et moi (et à Deborah), mais mon père lui fait signe de continuer d'un geste de la main.

– Le coup de pied de Balam était tellement puissant qu'il a expédié Dov dans les airs et qu'il est retombé dans le puits.

– Et alors ? demandons-nous d'une seule voix.

– Les gens ont essayé de le remonter, mais il continuait à crier en refusant leur aide. Il a tenté de grimper tout seul et, arrivé presque en haut, il a repoussé les mains qui se tendaient vers lui.

– Quel idiot ! s'exclame Ezra d'un air méprisant.

– Du coup, il est retombé au fond en se cognant violemment la tête.

– ET ALORS ? nous écrions-nous.

– Il a perdu connaissance.

– ET ALORS ???

– Il s'est noyé…

28. L'aveu

Commence alors la discussion la plus ennuyeuse du monde !

Le problème que Jephta est venu présenter à mon père, c'est comment déterminer qui est coupable de la mort de Dov. Est-ce l'âne, est-ce le puits, les témoins ou Dov lui-même ? Qui sera puni, qui sera blanchi, qui paiera quoi, à qui, pourquoi ?

Chez nous, il y a des lois pour tout, expliquées, détaillées, discutées, pour toute occasion et en toute circonstance. Elles sont écrites dans la Torah, et aussi transmises oralement. Avant de juger, il faut envisager toutes les éventualités et tenir compte de chaque particularité.

Alors, pendant des heures, mon père, Jephta, Ouriel et Ezra discutent et ergotent et commentent et rappellent et contestent et s'énervent et reprennent, à coups de : « et si… et comment… oui mais quand… et pourquoi… seulement là… et on dit… il y a… mais d'après… ah c'est vrai… non je ne crois pas… et pourtant… et lui pense… et l'autre dit… c'est écrit… et… et… et… » Je ne comprends pas tout, bien sûr, mais cela ne m'empêche pas de mettre mon grain de sel dès que je le peux.

Pourtant, je reste sans voix devant la réaction d'Ezra quand est envisagée la responsabilité de Dov dans sa propre disparition. Jephta rappelle sa mauvaise réputation, son état d'ébriété avancé, son agressivité le soir du drame, mais Ezra, au lieu de charger son ennemi, se met soudain à le défendre avec véhémence :

– Ce n'est pas de sa faute, déclare-t-il. Il devait être en colère.

– Ce n'est pas une raison pour entrer ainsi chez les gens, les injurier et frapper leur bête, rétorque Jephta.

– Il… je… c'est…

– Quoi ? Tu as quelque chose à nous dire, Ezra ? intervient mon père.

Oui, Ezra a quelque chose à dire. Ezra a beaucoup à dire.

Enfin.

Les mots sortent de sa bouche en torrent, ses mains s'agitent en tous sens, ses yeux brillent. On dirait qu'il souffre, mais aussi qu'il est soulagé. Avec fièvre, il raconte sa fureur, la bagarre, l'accident et sa terreur. Puis il baisse la tête et avoue sa honte d'avoir laissé un homme à terre et d'avoir abandonné sa mère.

– Je me suis enfui au lieu d'affronter ce que j'avais fait. Je suis un lâche, avoue-t-il. Mon père n'aurait pas été fier de moi…

– En effet, ce n'est pas ainsi qu'agit un homme courageux, déclare mon père. Mais aujourd'hui, tu t'es redressé et racheté.

– Comment ça ?

– En disant la vérité. En ayant pitié. En voulant réparer.

– C'est vrai, je veux réparer le mal que j'ai fait.

– Quel mal ? ne puis-je m'empêcher d'intervenir. Tu n'as rien fait !

– Si. J'ai poussé Dov et ne l'ai pas secouru. Si j'étais resté…

– Il t'aurait tué !

– Ah non, sûrement pas ! me rétorque-t-il fièrement. On se serait battus, oui, mais il n'aurait pas gagné, et on aurait bien fini par s'arrêter.

– En sang !

– Peut-être, mais vivants tous les deux. Et calmés.

– Pff… ça ne calme pas, de se battre.

– Oh que si ! s'exclament d'une même voix Ezra et Ouriel, en se dressant comme deux petits coqs bagarreurs.

Tout le monde éclate de rire, puis Ezra reprend, de nouveau grave :

– Du coup, Dov ne serait pas resté pendant des semaines à bouillir de colère et à nourrir sa rancune, jusqu'à exploser le soir de Chavouot.

– C'est sans doute vrai, reconnaît mon père.

– Donc… je suis un peu coupable de sa mort, même indirectement.

Nous le regardons en silence. Il a raison, hélas. Il n'a pas tué Dov, mais… Ce n'est pas de sa faute, mais… Il n'a rien fait, mais… Oh ! comme je hais tous ces « mais » !

Ezra se tourne vers Jephta et lui annonce :

– Je rentre avec vous à Bethlehem, si vous voulez bien. Libre ou… prisonnier, à vous de décider.

– Libre, bien sûr, je te fais confiance, le rassure Jephta. Le tribunal se réunira la semaine prochaine et tu devras t'y rendre pour participer aux délibérations et entendre notre décision.

Ezra pâlit, mais hoche la tête :

– Je viendrai, je ne me déroberai pas. Et si je suis condamné…

Il respire un grand coup et termine :

– … j'accepterai ma punition, quelle qu'elle soit.

Je le regarde, si jeune, si fort, si courageux. Digne. Je suis fière de lui, fière d'être son amie.

Mais je ne veux pas qu'il soit puni !

– Ne t'inquiète pas, le (et me) rassure mon père. Je suis sûr que Jephta a bien compris ce qui s'était réellement passé et que lui et les autres juges sauront faire la part des responsabilités.

Jephta sourit d'un air entendu et conclut :

– Je pense, oui, avec l'aide de Dieu, que nous saurons rendre une sentence à la fois juste et charitable. Mais avant ça, tu dois être impatient de retrouver ta mère…

– Oh oui ! Je veux la rassurer et lui demander de me pardonner.

– Va préparer tes affaires, nous partirons dès que tu seras prêt.

Pendant que Jephta remercie mon père, encourage Ouriel à prendre exemple sur Ezra, « ce jeune homme si intelligent et si savant » (ce qui le fait grincer des dents !), et prend congé de ma mère, je suis Ezra dans la bergerie. Je le regarde rassembler ses quelques possessions.

C'est merveilleux qu'il soit blanchi (ou sur le point de l'être), merveilleux qu'il puisse rentrer chez lui, merveilleux que l'histoire soit presque finie…

Alors… pourquoi je pleure ?

29. Histoire de cœur

Au moment de sortir de la bergerie, Ezra, qui jusque-là faisait tout son possible pour ne pas me regarder, se tourne enfin vers moi et prend mes mains dans les siennes :

– Merci Tsipora, de ton aide, de ta gentillesse et de ton sourire.

– Quel sourire ? dis-je en essuyant rageusement les larmes qui coulent sur mes joues.

– Ne pleure pas, petite amie…

– Je ne suis pas petite !

– Je reviendrai bientôt.

– Je ne te crois pas ! Tu vas reprendre ton ancienne vie et m'oublier.

– Jamais !

– Oh si ! Au début tu te souviendras des champs d'ici, des vignes, des gens peut-être…

– … et des oiseaux !

Je le regarde qui me sourit, et soudain j'ai envie de le croire :

– Tu reviendras, c'est sûr ? Tu ne vas pas faire que travailler et prier ? Tu ne vas pas te… marier ?

Cette fois-ci, il éclate de rire et me prend doucement le visage entre les mains :

– Me marier ? Mais avec qui ?

– Avec une belle jeune fille ! Je suis sûre qu'il y en a plein qui t'attendent, à Bethlehem.

– Oh sûrement, des centaines, se moque-t-il gentiment. Seulement il y a un problème…

– Lequel ?

– Mon cœur est déjà pris.

– Par qui ?

– Par un petit oiseau…

– Tsipora !

Oh non ! C'est la voix de mon père, impérieuse.

– Oui, Abba, j'arrive !

Mais il est déjà là, à la porte, à nous regarder. Est-il fâché ?

– Ezra, ne fais pas attendre Jephta. Pars en paix, mon garçon, et sache que tu seras toujours le bienvenu chez nous.

– Je ne l'oublierai pas ! Merci pour tout, votre hospitalité, votre bonté, vos conseils et…

– … ma fille ? complète mon Abba d'un ton malicieux.

Ezra bafouille une réponse indistincte en rougissant jusqu'aux oreilles. Et moi, je foudroie mon père du regard. Mais cela ne l'impressionne pas et il sort de la bergerie en riant, Ezra et moi sur ses talons.

Nous rejoignons Jephta et son âne, et je les accompagne jusqu'au chemin.

– Au revoir, à bientôt, faites bonne route, que Dieu vous garde !

Et puis ils s'éloignent, en discutant avec animation. Ils semblent d'humeur légère.

Mais moi, mon cœur est lourd et mes larmes salées.

Ezra s'en va.

Quand reviendra-t-il ?

30. Le revenant

– Voilà Ezra !
Déjà ?

On est dimanche et quatre jours seulement se sont écoulés depuis son départ. Ce n'est pas possible qu'il soit de retour si vite. Pourquoi Ouriel crie-t-il ainsi, tout excité ? Il se moque de moi et je ne le crois pas. Ezra est parti et m'oublie déjà, n'est-ce pas ?

Alors la poussière qu'on distingue là-bas sur le chemin, cette silhouette mince marchant d'un pas vif à côté d'un animal gris, cette chanson familière qui s'élève dans l'air chaud, c'est n'importe qui, c'est n'importe quoi, mais ce n'est pas…

– EZRA !

Je hurle comme une folle et je ris et je cours vers mon ami revenu. Je me jette dans ses bras qu'il a ouverts tout grands. Puis il me repousse gentiment et d'un geste solennel me présente:

– Balam!

Je tends la main vers l'âne et le caresse. C'est vrai qu'il a l'air très gentil, très doux. Et très stupide aussi, mais chut, ça, je ne le dis pas. Nous nous dirigeons vers le figuier et nous asseyons dans son ombre tout en parlant. J'ai tant de questions à poser à Ezra, et lui a tant de choses à me raconter!

Sa mère? Elle l'a accueilli en pleurant de joie et lui a fait jurer de ne plus jamais se sauver ainsi. Sa voisine, la veuve de Dov? Elle a l'air presque soulagée d'être débarrassée de son ivrogne de mari et se montre plus aimable qu'avant. Le tribunal? Il siégera dans quelques jours, mais Ezra n'a pas peur. Quant au frère de Dov, celui qui criait au meurtre? Il était parti en Galilée pour Chavouot et n'est toujours pas rentré.

Je lui demande, inquiète:

– Mais alors, il ne sait pas que son frère est mort?

– Euh... non, en effet, reconnaît Ezra. Mais ne t'inquiète pas. Peut-être qu'il ne reviendra pas.

– Et toi, pourquoi es-tu revenu?

– Tu n'es pas contente? me taquine-t-il.

– Non, je suis furieuse, je lui réponds avec un sourire jusqu'aux oreilles. Alors, pourquoi?

– Ma mère vous invite à venir passer un shabbat chez nous, quand vous le souhaitez, pour vous remercier de votre hospitalité. Et puis elle a hâte de te rencontrer. Je lui ai tellement parlé de...

Mais sa voix est couverte par des cris, une cavalcade, tout un remue-ménage affolé. Nous nous redressons d'un bond et apercevons Ouriel qui se rue vers nous en hurlant :

– Le vengeur de sang ! Le vengeur de sang !

31. Au loup !

Le visage d'Ezra devient blanc et il murmure :

– Zeev !

– Un loup* ? Où ça ? je demande, sans rien comprendre.

– Mais non, Zeev, le frère de Dov…, souffle Ezra.

Quelle famille ! Un ours et un loup, c'est ça que signifient leurs prénoms. Pas étonnant qu'ils se comportent comme des bêtes sauvages.

– Il arrive, il va le tuer ! s'affole Ouriel.

– Tuer Ezra ? je crie, paniquée.

– Non, pas Ezra, me répond Ouriel.

– Non, pas moi, confirme Ezra.

– Alors qui ? QUI ?

* Zeev signifie « loup » en hébreu.

– Balam ! beugle un homme au visage tout rouge et aux yeux injectés de sang qui déboule, fou de rage, dans notre cour et se précipite vers ce pauvre âne en le couvrant de malédictions.

Ce dernier, inconscient du danger, continue à grignoter des feuilles tranquillement sans lui accorder un regard. Zeev se jette sur lui, mais Ezra s'interpose, les poings levés.

– Ne t'approche pas de lui ! Je t'interdis de lui faire du mal, le prévient-il.

– Il a tué mon frère ! crie Zeev en postillonnant. Il doit mourir.

– Il n'a tué personne. C'était un accident.

– Ce n'est pas vrai.

– Comment le sais-tu ? Tu n'étais pas là.

– Toi non plus !

– On m'a raconté.

– Moi aussi.

– C'est ton frère qui a commencé !

– C'est ton âne qui a continué !

– C'est ton frère qui l'a frappé !

– C'est ton âne qui l'a fait tomber !

– C'est ton frère qui s'est noyé !

– C'est ton âne qui va payer !

Tout en hurlant ces mots, le vengeur de sang se jette sur Ezra pour pouvoir atteindre Balam. Ils commencent à se battre, et Ezra me supplie d'une voix désespérée :

– Emmène Balam, Tsipora, vite ! Sauve-le !

L'emmener ? Mais où ? Le sauver ? Mais comment ? Pendant que je regarde éperdue autour de moi à la recherche d'une idée, Ezra et Zeev se poussent, se frappent, vacillent et finissent par rouler dans la poussière. Zeev est beaucoup plus grand et plus fort qu'Ezra qui, malgré la rage de son adversaire, s'en sort pour l'instant fort bien et refuse même l'aide d'Ouriel. Il est fier, mon ami, il veut se défendre tout seul.

Cependant l'autre va finir par avoir le dessus, c'est évident, et alors il se relèvera, sortira son couteau et tuera Balam. Sauf si je mets vite l'âne en lieu sûr. Mais aucun lieu n'est sûr : ni la cour, ni les champs, ni le chemin, ni les collines.

Il ne reste que… notre maison. Une maison, c'est un asile inviolable, un refuge parfait, sacré. Personne n'a le droit d'y entrer sans y être invité. Balam y sera en sécurité.

– Viens, Balam ! lui dis-je en le tirant par son licou.

Mais il ne bouge pas et me regarde d'un air buté.

En le tirant de toutes mes forces, je crie :

– VIENS, BALAM !

Mais il ne bouge toujours pas et me regarde d'un air stupide.

– VIENS, BALAM ! je hurle, en manquant l'étrangler avec son licou.

Il décide alors de bouger et part… de l'autre côté. Quel idiot ! Quel âne !

Ouriel, qui a compris mon manège et voit bien qu'Ezra ne veut pas de son aide, vient me prêter main-forte. À nous deux, nous poussons et tirons et tapons et caressons cet animal de malheur pour qu'il se rapproche de la maison. Il brait (des injures, sûrement), rue des quatre fers, se secoue dans tous les sens et fait tomber sa charge. Mais, pied à pied, pas à pas, patte à patte, nous finissons par l'amener jusqu'à la porte.

Et là, il s'arrête.

Net.

Il ne veut pas entrer. Ou plutôt il ne peut pas…

Trop bien nourri, ce Balam, trop gros, trop large. Pourtant, il faut qu'il franchisse le seuil, et vite, car Ezra commence à montrer des signes de fatigue. Alors, arc-boutés derrière lui, Ouriel et moi le poussons, le pressons, le forçons. Petit à petit, l'avant de son corps pénètre dans la maison, puis le milieu. On l'encourage, on le complimente, on le menace, tandis qu'il lance des braiements courroucés et désespérés. Par-dessus ce tumulte, j'entends la voix d'Ezra qui nous supplie de nous dépêcher et celle de Zeev qui se rapproche en hurlant. Oh mon Dieu, le vengeur de sang arrive !

– Vite, gros Balam, encore un effort, rentre le ventre, serre les fesses et entre !

Ploc ! Ça y est !

Je le repousse le plus loin possible, pas un sabot, pas un poil, pas une oreille ne doit dépasser. Et puis je me retourne et me retrouve face à Zeev, planté devant la porte, qui écume de fureur.

– Trop tard ! je lui lance, toute fière.

32. Du calme !

– Que se passe-t-il ici ?

C'est la voix de mon père. Abba se tient debout à l'entrée de la cour et contemple la scène d'un air stupéfait.

Il est vrai qu'on doit avoir l'air de fous ! Ouriel et moi bloquant la porte de la maison pour empêcher ce satané Balam de sortir (parce que, maintenant, il veut sortir !), Zeev planté devant nous en nage et en rage, Ezra le tirant par-derrière pour le faire reculer, tout ça dans un vacarme assourdissant où se mêlent mes cris, les ordres d'Ouriel, les jurons de Zeev et les menaces d'Ezra, accompagnés par les braiements tragiques de l'âne. Pas besoin d'être un grand sage pour comprendre la situation… mais besoin d'être un grand sage pour la dénouer !

– Que se passe-t-il ? répète mon père d'un ton impérieux.

Zeev, Ezra, Ouriel et moi (et Balam) répondons tous en même temps, et mon père lève la main pour nous faire taire.

– Toi d'abord, ordonne-t-il à Zeev.

Celui-ci raconte son histoire en haletant, ensuite, chacun à notre tour, nous donnons notre version, pendant que mon père nous écoute sans dire un mot. Il réfléchit un moment, puis déclare :

– Seul le tribunal peut décider si Balam est coupable ou pas. En attendant sa décision, cet âne est sous ma protection et y restera.

Zeev ouvre la bouche mais mon père le fait taire :

– Je comprends ta colère et ta peine, Zeev. Mais tu dois obéir à la loi. Rappelle-toi notre sixième commandement…

– Tu ne tueras point ! ne puis-je m'empêcher de préciser.

– Tu ne tueras point, reprend mon père en regardant le vengeur de sang dans les yeux. Ni Ezra ni…

– … Balam ! nous exclamons-nous tous ensemble.

Zeev semble mal à l'aise. Impossible de se battre avec mon Abba, impossible de lui crier dessus, impossible de lui désobéir. Il se frotte les mains, puis, sans rien dire, il passe devant nous et commence à s'éloigner. Mais mon père le rappelle. Il le fait asseoir sous le figuier pour qu'il puisse se reposer et se désaltérer, puis se met à lui parler doucement.

Pendant ce temps, Ezra, Ouriel et moi nous regroupons autour de Balam dans la maison.

– Tu crois que Zeev est calmé ? je demande.

– Oui, on dirait, me rassure Ezra. Je le connais, il parle fort mais ce n'est pas un vrai méchant. Pas comme son frère…

– Peut-être, ajoute Ouriel. Mais il vaut quand même mieux que Balam reste à l'abri chez nous jusqu'au jugement.

Je demande imprudemment :

– Et où va-t-on l'installer ?

Tous deux se tournent alors vers moi avec un petit sourire malicieux, et soudain je comprends et me mets à gémir :

– Oh non ! Pitié ! Pas dans ma chambre !

33. Toute seule

Finalement, Balam a bien sûr été installé dans l'étable avec notre âne et j'ai pu rester seule dans ma chambre.

Et j'ai dû rester seule tout court.

Car tout le monde, ou presque, est parti !

Mon père a d'abord renvoyé Zeev chez lui avec des paroles apaisantes et un panier de figues bien mûres. Puis il a appelé Ezra et lui a déclaré :

– Tu dois rentrer à Bethlehem dès ce soir.

– Je pensais rester jusqu'à demain, a répondu Ezra en me lançant un coup d'œil déçu.

– Non, ce n'est pas une bonne idée. Ta mère va s'inquiéter, surtout si elle a été témoin de la fureur de Zeev.

– Vous avez raison, a soupiré mon ami. Mais justement, et Zeev ? Il nous attend peut-être sur la route, Balam et moi. Il était vraiment fou de rage tout à l'heure.

– Je pense qu'il est calmé. Mais pour plus de sûreté, je vais te faire accompagner par un serviteur et nous garderons ton âne ici jusqu'après le procès. Quant à toi, tu iras avec lui, a ajouté mon père en se tournant vers…

… Ouriel !

Quoi ? Mais ce n'est pas juste ! C'est moi l'amie d'Ezra, sa complice, son alliée ! C'est à moi de l'accompagner ! Je ne veux pas le quitter, l'abandonner en plein danger.

Sauf que mon père en a décidé autrement, et cette fois, malgré mes supplications, il n'a pas cédé. Il a demandé à Ouriel de veiller sur Ezra et de rester avec lui jusqu'au procès de jeudi. Mon frère, tout fier de ses nouvelles responsabilités, s'est longuement entretenu avec mon père, puis a préparé ses affaires et, après un hâtif au revoir, ils sont partis tous les trois, Ouriel, le serviteur et Ezra. Sans moi !

Et me voilà, pauvre oiseau abandonné, occupée à tisser, cuisiner, pouponner, nettoyer, ranger et rager. J'imagine ce qui se passe, ce qui peut se passer, ce qui va se passer, ce qui pourrait se passer… et à quoi je n'assisterai et ne participerai pas. Je ne décolère pas, et je boude et râle du matin au soir. J'en veux à mon père, ma mère m'énerve, Deborah ne me comprend pas. Le seul à qui je peux me confier, c'est l'autre abandonné, Balam, qui passe son temps à braire sa désapprobation.

Un peu comme moi...

Les jours passent lentement: lundi, mardi, mercredi... Ce soir-là, couchée dans mon lit, je n'arrive pas à trouver le sommeil. C'est demain que se déroule le procès. Que vont décider les juges? Comment va réagir Ezra? Et Zeev? Tout peut arriver, le meilleur comme le pire. Et je ne serai pas avec Ezra, pour me réjouir ou pour le consoler, ou tout tenter pour le sauver. C'est insupportable!

Le jour n'est pas encore levé mais moi, si. Je m'habille en silence et me faufile hors de la maison sur la pointe des pieds. Dans l'étable, Balam me regarde arriver, les yeux brillants. Pas la peine de lui expliquer, il a déjà compris et il se laisse pour une fois emmener docilement.

Mais arrivés dans la cour, c'est moi qui m'arrête. Je ne peux pas partir comme ça, comme une voleuse. Il faut que je laisse un mot à mes parents pour les prévenir. Vite, je rentre dans la maison, me dirige vers la table où mon père a l'habitude de travailler, prends une petite feuille de palmier et trempe un roseau dans l'encre. Beaucoup de filles de mon âge ne savent ni lire ni écrire, mais moi, je sais: mon père a tenu à m'apprendre. Il dit que je suis aussi intelligente qu'un garçon.

Mais il se trompe: je suis PLUS intelligente qu'un garçon!

En toute hâte je trace quelques mots, puis enroule le message et regarde autour de moi: où le cacher, afin que mes parents le trouvent assez tôt pour ne pas s'inquiéter, mais trop tard pour me rattraper ? Soudain, j'entends Deborah remuer dans son panier. Je me penche sur elle, elle entrouvre les yeux et me sourit d'un air ensommeillé. Je suis sûre que c'est pour me souhaiter bonne chance. Je glisse le petit rouleau entre ses doigts serrés et ressors dans la cour, où Balam m'attend sagement.

Une fois sur le chemin, je grimpe sur l'âne et chuchote dans sa grande et douce oreille grise :

– Dépêche-toi, cher Balam ! Ezra a besoin de nous.

Il opine de la tête et, dans le jour qui se lève, nous partons d'un bon trot vers Bethlehem. Pourvu que nous arrivions à temps !

34. Que justice soit faite !

Tout juste !

Le procès se déroule sur une place à l'entrée de la ville. Comme c'est la coutume, les audiences sont publiques et quand j'arrive, la foule se presse autour des juges réunis pour les débats. Au premier rang, j'aperçois Ezra et sa mère et, un peu plus loin, Zeev et une femme qui doit être la veuve de Dov. Et Ouriel bien sûr, le veinard, derrière Ezra.

Je descends de ma monture et me faufile sur le côté, en tenant fermement Balam par le licou. Pourvu qu'il se tienne tranquille ! Je réalise un peu tard que j'ai peut-être fait une grosse erreur en l'amenant jusqu'ici. Après tout, c'est son procès qui va avoir lieu. Et s'il est reconnu coupable ?

Mais non, c'est impossible ! Pas Balam !

Jephta demande le silence et ouvre les débats. Il expose brièvement le cas sur lequel le tribunal doit se prononcer en concluant par ces mots :

– Nous sommes là pour juger qui est responsable de la mort de Dov.

Deux témoins sont appelés pour témoigner. Ce sont des membres de la famille de Sarah, qui étaient présents ce jour-là. Sous la foi du serment, ils racontent ce à quoi ils ont assisté le soir de Chavouot : Dov est arrivé fou de rage, a attaqué l'âne, ce dernier s'est défendu, Dov est alors tombé dans le puits, a refusé toute aide et s'est noyé.

Sa mort n'a donc été causée par aucune des personnes présentes ce jour-là. Mais qu'en est-il de la responsabilité de l'âne ? C'est ce que demande un des juges, d'une voix retentissante :

– Balam est-il coupable ?

À ce moment, cet imbécile de Balam, ravi qu'on parle de lui, se met à braire à gorge déployée. Désespérément, j'essaie de le faire taire à grand renfort de « chut », de tapes et de caresses, mais rien n'y fait, il continue à lancer à qui mieux mieux ses « hi-han » assourdissants.

Bien entendu, tout le monde se retourne pour voir d'où vient ce bruit, tout le monde… y compris Ezra, qui nous tournait le dos jusque-là. Ses yeux se posent sur nous et s'écarquillent de surprise. Va-t-il se fâcher ? Mais non ! Un joli, très joli sourire se dessine sur son visage et l'illumine. Soulagée, je lui fais un petit signe de la main pour l'encourager et lui faire comprendre que je suis là, là pour lui. Toujours.

Enfin ce satané âne se calme et les débats reprennent. Il s'agit de déterminer si Balam est un animal habituellement « moad », agressif, ou au contraire « tam », doux. S'il est reconnu « moad », il devra être mis à mort, car il est dangereux et risque de tuer à nouveau. Mais si on conclut qu'il est « tam », cela voudra dire qu'il n'a donné le coup de pied qui a expédié Dov dans le puits que pour se défendre.

Bien sûr, Ezra, sa mère, toute leur famille, les voisins et même, curieusement, Ada, la femme de Dov, viennent, chacun leur tour, témoigner de sa gentillesse et de sa docilité.

Gentil, d'accord, mais docile ? Hum hum... Je ne suis pas d'accord ! J'ai la main presque en sang à force de le retenir par son licou pour l'empêcher de partir au galop rejoindre Ezra !

Seul Zeev essaie de jeter le discrédit sur lui, mais sans conviction. On dirait que même lui ne croit pas un mot de ce qu'il dit.

Les juges sont sur le point de se retirer pour délibérer, quand soudain Ezra bondit vers eux en s'écriant :

– Et moi ?

– Quoi, toi ? lui demande un des juges impatient, apparemment pressé d'en finir pour aller déjeuner.

– Je suis coupable !

– Tu ne peux pas témoigner contre toi-même.

– Mais je tiens à avouer ma faute, s'entête Ezra.

– Un aveu n'est pas une preuve, lui objecte le juge, en commençant à s'éloigner.

– Laissez-le parler, intervient Jephta.

« NON ! Faites-le taire ! » je pense, folle d'inquiétude tandis qu'Ezra se tourne vers Ada, la veuve, qui le regarde d'un air étonné.

– Pardon, Ada. Je suis responsable de ce qui est arrivé à votre mari.

Ada le regarde, interloquée, et bafouille :

– Mais… tu n'étais pas là !

– Le jour de sa mort, non, en effet. Mais si nous ne nous étions pas battus auparavant, si je ne l'avais pas blessé, si je ne m'étais pas enfui, si Dov n'était pas resté des semaines durant à ruminer sa colère…

… Et si le soleil ne s'était pas couché, et si la pluie était tombée, et si les poules avaient chanté, et si et si et si…

– … alors Dov ne se serait pas jeté sur Balam ce soir-là.

– Peut-être pas… Mais tu sais, il était tout le temps en colère, même avant votre bagarre. Je crois que ça n'aurait rien changé… lui répond Ada en secouant la tête d'un air résigné.

– Il n'empêche. J'ai mal agi. Je n'aurais jamais dû l'abandonner ainsi sans essayer de l'aider.

Il réfléchit un instant, puis ajoute :

– Et sans essayer de faire la paix…

Puis il conclut, d'une voix vibrante d'émotion :

– Je n'ai pas tué Dov, mais sans moi, il serait vivant aujourd'hui !

Il retourne ensuite à sa place dans un silence de mort.

Et maintenant ? Que vont décider les juges ? Il faut attendre leur verdict, et attendre, ce n'est pas mon fort ! J'ai tellement peur que je me blottis contre Balam pour me réconforter et il en profite pour me donner un grand coup de langue. Berk !

Heureusement, les juges reviennent rapidement et Jephta s'adresse à la foule d'un air grave :

– Dov est mort par sa propre faute, déclare-t-il. L'âne a été reconnu « tam » et aura donc la vie sauve. Cependant, comme il est à l'origine de la chute mortelle de Dov, ses propriétaires devront verser une somme d'argent à la veuve de Dov pour la dédommager. Quant à Ezra…

Quant à Ezra, quoi ? QUOI ? QUOI ?

– … il devra travailler sur les terres d'Ada pour l'aider, et ce, pendant une année. En effet, même s'il n'a pas tué Dov, il ne lui a pas porté secours lorsqu'il était blessé. Cela mérite réparation.

C'est vrai, c'est bien, c'est juste, tout est juste !

35. La fête

Ça y est, c'est fini ?

Non, pas tout à fait. Car Zeev vient de se lever à son tour, d'un air très agité, et réclame la parole. Qu'est-ce qu'il va encore inventer ?

– C'est moi qui aiderai Ada ! claironne-t-il.

– Ah non, c'est moi ! lui répond immédiatement Ezra.

– Je suis son beau-frère, c'est à moi de le faire.

– Les juges me l'ont ordonné, c'est à moi de le faire.

– Non, à moi !

– À moi, non !

Pitié ! Ils ne vont pas recommencer à se battre ! Heureusement, Ada prend Zeev par le bras et l'entraîne, doucement mais fermement, en lui parlant à l'oreille. Ils ont l'air de bien s'entendre, ces deux-là, ils ont l'air de bien s'aimer. Peut-être que… On verra. Si ça se trouve, bientôt Ada ne sera plus veuve et n'aura plus besoin de l'aide d'Ezra.

En attendant, mon ami est libre et son âne sauvé ! Je me jette dans ses bras en pleurant de joie et d'émotion. Il m'embrasse et ça me fait tout chaud et doux. Puis il me prend par la main et se tourne vers sa mère :

– Ima, je te présente mon amie, ma Tsipora !

Sa mère m'enlace à son tour en riant :

– J'ai déjà fait la connaissance de cette jolie oiselle !

– Qu'est-ce que tu fais là ? s'interpose Ouriel, en me regardant d'un air soupçonneux. Abba t'a envoyée à Bethlehem toute seule avec Balam ?

– Euh… pas vraiment…

Heureusement, à ce moment, Sarah nous interrompt pour proposer :

– Venez tous à la maison pour fêter cela !

Nous nous mettons gaiement en marche, escortés de la famille, des amis et des voisins de Sarah et d'Ezra. Mais soudain, au loin, je vois apparaître une silhouette familière et, le cœur serré je reconnais…

… Abba !

Oh mon Dieu ! Ça va vraiment être ma fête…

Il avance en toute hâte, plein de poussière et de sueur, plein de colère et de peur. En me voyant, il pousse un soupir de soulagement, mais ses yeux lancent des éclairs. Il me prend par le bras et m'ordonne d'une voix sévère :

– Tu vas rentrer avec moi immédiatement !

– Mais Abba…

– Tais-toi !

– Menashé, intervient Ezra tout excité, Balam et moi, nous sommes sauvés !

– Dieu soit loué, Ezra. Le problème, c'est que Tsipora aussi s'est sauvée !

– Quoi ?

Ezra se retourne vers moi, étonné.

– Je ne voulais pas t'abandonner... lui dis-je en pleurant.

– Menashé, je vous en prie, pardonnez-lui, le supplie la mère d'Ezra. C'est un si beau jour...

Mon père nous regarde tour à tour et ses yeux s'adoucissent.

– Pardon Abba, lui dis-je en me jetant dans ses bras. Je ne voulais pas vous inquiéter. Mais il fallait que je sois là, tu comprends ? Ezra est mon ami !

– Ami... ami... Ce n'est plus de l'amitié ! Ça ressemble plutôt à de l'amour ! se moque Ouriel.

Ezra et moi nous précipitons sur lui en riant, sous les braiements enthousiastes de Balam.

La fête peut commencer !

36. La bonne réponse

– Tsipora !

La voix aiguë de ma mère s'élève dans le ciel bleu. Mais je ne réponds pas. Je suis trop bien à l'ombre du figuier. Pas envie de bouger… et pas envie d'aider !

– Tsipora !!! Viens ici immédiatement !

Venir pour quoi ? Pour moudre le blé ? Laver le sol ? Filer la laine ? Cuire le pain ? Je n'ai pas envie, mais alors pas du tout envie, d'aller pétrir la pâte, la faire lever, coller les galettes sur les parois brûlantes du four, rester à surveiller la cuisson, les décoller d'un coup… et me brûler les mains.

Alors qu'il fait si chaud !

– Tsipora !

Je sursaute. C'est la voix de mon père. Qu'est-ce qu'il fait là ? On est au milieu de la journée, au milieu de la semaine, au milieu des vendanges. Pourquoi est-il rentré ?

– TSIPORA !

Je crie :

– J'arrive !

Je surgis de sous le figuier et me précipite hors d'haleine dans la cour où se tiennent mon père, ma mère et… Ezra, accompagné de Sarah.

Tous les quatre sont devant la porte, tout propres, bien habillés, comme si c'était le shabbat ou un jour de fête.

Mais on est lundi, Chavouot est passée depuis longtemps et la prochaine fête, Rosh Hashana*, n'est pas pour tout de suite.

– Viens ici, Tsipora, me dit mon père gentiment avec un sourire tendre.

Je me précipite, ravie de revoir mon cher Ezra, et demande :

– Qu'est-ce qu'il y a, Abba ?

Ma mère m'attire alors vers elle et, hâtivement, elle tente de démêler mes cheveux, puis elle resserre ma ceinture toute dénouée autour de ma tunique. Je me laisse faire, un peu gênée.

– C'est un grand jour pour toi, répond mon père de sa voix grave. La mère d'Ezra est venue me demander…

Alors, sans le laisser finir, j'éclate de rire, tends mes deux mains vers Ezra qui les saisit et les serre de toutes ses forces, et je lui crie :

– OUI !

---

* Rosh Hashana célèbre le Nouvel An juif et a lieu en septembre ou octobre.

Achevé d'imprimer en juillet 2019
sur les presses de la Nouvelle Imprimerie Laballery
58500 Clamecy
Dépôt légal : août 2019
N° d'impression : 906121
N° d'édition : 2017-2095

Imprimé en France

La Nouvelle Imprimerie Laballery est titulaire de la marque Imprim'Vert®